REBIRTH ACE 리버스 에이스

REBIRTH ACE 리버스 에이스 1

한승현 장편 소설

초판 1쇄 찍은 날 | 2016년 8월 23일
초판 1쇄 펴낸 날 | 2016년 8월 30일

지은이 | 한승현
펴낸이 | 예경원

기획 | 위시북스
편집책임 | 박우진
편집 | 이즈플러스

펴낸곳 | 예원북스
등록번호 | 제396-2012-000132호
등록일자 | 2012. 7. 25
KFN | 제1-021호

주소 | 경기도 고양시 일산동구 호수로 646-24 위너스21 II 빌딩 206A호 (우)10401
전화 | 031-819-9431 팩스 | 031-817-9432
E-mail | yewonbooks@naver.com

ISBN 979-11-5845-485-2 04810
　　　979-11-5845-486-9 (set)

REBIRTH ACE

리버스 에이스

WISHBOOKS MODERN FANTASY STORY

한승현 장편소설

1

나비효과

Wish
Books

CONTENTS

Prologue

1

　스윽. 투욱.

　로진백을 가볍게 매만진 뒤 한정훈은 천천히 허리를 세웠다.

　우우우우우!

　5만 5천 명의 관중이 가득 들어찬 도쿄 돔이 크게 울렸다. 그들 한 명 한 명이 작게 중얼거려도 엄청날 텐데 대놓고 야유를 보내니 귀가 먹먹할 지경이었다.

　'거참 되게 시끄럽네.'

　한정훈이 거칠게 마운드를 골랐다.

만약 국제 대회가 아니었다면.

가슴에 단 태극 마크만 아니었다면.

메이저리그 선배인 BK처럼 가운뎃손가락이라도 들어 올렸을지 몰랐다.

"후우……."

한정훈이 길게 숨을 골랐다. 침착하고 싶지만 코앞까지 다가온 대기록이 자꾸 심장을 두근거리게 만들었다.

그런 한정훈의 불편함을 읽은 듯 포수 백용찬이 홈 플레이트 앞으로 걸어 나왔다. 그리고 모두가 볼 수 있도록 검지를 들어 올렸다.

원 아웃.

이 아웃 카운트 하나로 모든 게 끝이 날 것이다.

"정훈아! 가자!"

"하나다. 하나!"

좌우에서 내야수들의 목소리가 들려왔다. 비록 관중들의 야유 소리에 묻혔지만 그들의 든든한 응원이 한정훈에게는 큰 힘이 되었다.

한정훈은 천천히 마운드 위에 섰다. 자연스럽게 3루 더그아웃이 눈에 들어왔다.

일본 팀 더그아웃의 분위기는 살벌했다. 실수로 타자를 맞추기라도 했다간 전부 다 뛰어나와 자신에게 덤벼들 것만 같았다.

'그러고 보니 병훈 선배가 오늘 두 번이나 맞았지?'

한정훈의 시선이 3루에 바짝 붙어 선 박병훈에게 향했다. 늦은 나이에 메이저리그에 진출해 아시아인 최초로 40홈런을 쏘아 올린 박병훈은 서른 후반의 나이에도 거포로 맹활약하고 있었다.

비록 같은 팀은 아니지만 한정훈은 박병훈을 친형처럼 좋아하고 따랐다.

그래서일까.

기록 같은 건 잊어버리고 박병훈의 복수를 해주고 싶은 욕망이 꿈틀거렸다.

그러나 4번도 아닌 9번 타자를, 이 시점에서 맞춘다 한들 박병훈이 좋아할 리 없었다.

"정훈아."

한정훈의 시선을 느낀 박병훈이 검지로 머리를 톡톡 두드렸다.

냉정해져라.

박병훈이 한정훈을 만날 때마다 해 주는 최고의 조언이었다.

한정훈은 피식 웃었다. 당사자가 괜찮다는데 이제 와서 이 게임을 망칠 수는 없는 노릇이었다.

야구의 아웃 카운트는 27개.

투수가 아무리 대단하다고 해도 혼자 27개의 아웃 카운트를 잡을 수는 없다.

오늘도 여러 차례 호수비가 펼쳐졌다. 박병훈의 엉덩이에도 흙먼지가 잔뜩 묻어 있었다.

여기까지 올 수 있었던 건 모두가 힘을 합쳤기 때문이다. 그 중심에 서 있다고 해서 제멋대로 구는 건 용납 받을 수 없었다.

'그렇다면 이제 슬슬 끝내 볼까?'

한정훈이 홈 플레이트를 향해 고개를 돌렸다. 동시에 독기를 품은 9번 타자가 배트를 꼭 움켜잡았다.

백용찬의 초구 사인은 바깥쪽 꽉 찬 스트라이크.

구종에 대한 사인은 없었다.

형, 가장 자신 있는 공으로 날카롭게 찔러줘요.

백용찬의 목소리가 사인을 통해 전해졌다.

한정훈은 가볍게 고개를 끄덕였다. 그리고 투심 그립을 잡았다.

'어디 칠 테면 쳐봐라.'

천천히 숨을 고르던 한정훈이 와인드업에 들어갔다. 순간

기다렸다는 듯이 사방에서 초록색 불빛들이 번뜩였다.

하지만 한정훈은 흔들리지 않았다. 이깟 레이저 테러. 한두 번도 아니고 경기 내내 받다 보면 익숙해지게 마련이었다.

가슴 높이까지 왼 다리를 쳐올린 뒤 한정훈은 마운드 끝까지 다리를 뻗었다. 뒤이어 허리와 가슴을 돌리며 글러브를 빠져나온 오른팔을 잡아끌었다.

후아앗!

손끝을 타고 빠져나간 공이 매섭게 휘돌았다. 그러더니 순식간에 백용찬의 미트 속으로 빨려 들어갔다.

퍼어엉!

요란한 소리가 경기장을 울렸다.

"스트라이크!"

심판의 스트라이크 콜이 거의 동시에 터져 나왔다.

"나이스 볼!"

백용찬이 공을 돌려주며 소리쳤다. 전광판에는 무려 157km/h라는 구속이 찍혀 있었다.

9회. 100구가 넘어간 상황이라 구속이 줄어들긴 했지만 여전히 위력적인 공이었다. 타석에 선 9번 타자가 배트조차 내밀지 못할 만큼 말이다.

"후우……."

다시 숨을 고르며 한정훈이 백용찬을 바라봤다.

2구의 사인은 안쪽을 찌르는 위협구.

슬쩍 보니 9번 타자가 겁도 없이 홈 플레이트에 바짝 붙어서 있었다.

백용찬은 타자가 바깥쪽 공을 노리는 것이라고 판단한 모양이었다. 그래서 타자를 홈 플레이트에서 떨어뜨리기 위해 위협구를 요구했다.

그러나 한정훈의 생각은 달랐다.

'저 자식, 맞고서라도 나갈 생각이군.'

한정훈이 입가를 비틀어 올렸다. 고작 타석에 들어가서 맞을 생각부터 하는 타자는 더 이상 타자가 아니었다.

어쩌면 아직 신인인 백용찬의 투수 리드를 읽은 벤치의 지시일 수도 있었다.

치사하더라도 이처럼 큰 국제 경기의 결승전에서 대기록의 희생양이 되고 싶지는 않을 터였다.

하지만 그렇다고 해서 달라지는 건 아무것도 없다.

'그렇게 나오신다면.'

투심을 생각했던 한정훈이 그립을 고쳐 잡았다. 그리고 있는 힘껏 공을 던졌다.

후아앗!

손가락을 벗어난 공이 타자 쪽으로 빠르게 날아갔다. 그와 동시에 타자가 눈을 질끈 감더니 홈 플레이트 쪽으로 왼쪽 어깨를 내밀었다.

그러나 타자를 맞출 것처럼 날아들었던 공은 빠르게 꺾여 포수의 미트 속으로 빨려 들어갔다.

파밧!

130km/h의 커브볼.

7회 이후로 잘 쓰지 않던 커브볼 덕분에 몸에 맞으려는 타자의 의도가 고스란히 드러나 버렸다.

"젠장!"

뒤늦게 변화구란 사실을 안 타자가 입술을 깨물었지만 이미 때는 늦었다. 그렇다고 또다시 위협구를 기대하기도 어려웠다.

볼카운트 0-2.

지금부터는 스트라이크 존에 걸치는 모든 공을 어떻게든 쳐내야만 했다.

'마누라, 마지막은 뭐지?'

한정훈이 여유롭게 백용찬을 바라봤다. 그러자 잠시 고심하던 백용찬이 재미난 사인을 냈다.

코스는 한가운데.

구질은 포크 볼.

한정훈은 다시 입가를 실룩거렸다. 누가 대표팀 막내 아니랄까 봐 대담하다 못해 골 때리는 요구였다.

보아하니 조금 전 타자에게 속았다는 생각에 잔뜩 약이 오른 모양이었다.

'좋아, 마누라가 원하면 들어줘야지.'

한정훈이 평소보다 더 높게 키킹을 했다. 그러자 패스트볼이라 직감한 타자가 배트를 바짝 끌어당겼다.

후아앗!

요란한 바람 소리와 함께 3구가 홈 플레이트를 향해 날아들었다.

'실투다!'

타자는 감각적으로 공의 궤적을 알아챘다. 국가 대항전에 국가 대표로 뽑힌 실력이다.

지금껏 완벽에 가까운 코너웍을 보여 줬던 한정훈의 공이 한가운데로 오는데 그걸 모를 리 없었다.

'때린다!'

타자가 배트를 팔꿈치에 단단히 붙인 채 빠르게 허리를 돌렸다. 점수 차이는 크게 벌어져 있었지만 이 안타로 수치스러운 기록이 깨지기를 바라며.

그런데…….

"……!"

빠르게 날아들던 공이 꿈틀거렸다.

한 번.

또다시 한 번.

그러더니 마법처럼 순식간에 시야에서 사라져 버렸다.

'포크!'

허공을 가른 배트를 바라보며 타자의 얼굴은 참담하게 일그러져 있었다. 일본이 자랑하는 포크 볼에 일본 타자가 속절없이 당하고 말았다.

그러나 바운드된 공을 포구한 백용찬은 인정사정 봐주지 않고 타자의 어깨를 때리듯 태그해 버렸다.

"스트라이크 아웃!"

메이저리그 출신 심판의 간결한 콜이 울렸다.

그렇게 일방적이었던 결승전이 끝났다.

2023년 제3회 프리미어 12.

이번에도 우승은 대한민국의 차지였다.

그리고 그 중심에는 다시 태어난 한정훈이 있었다.

2

한정훈(age 23, Korea Rep.)

IP(투구 이닝) 9.0

H 0 / HR 0 / BB 0 / HBP 0

SO 15 / R 0 / ER 0

ERA 0.00

*제3회 프리미어 12 MVP

*제3회 프리미어 12 최우수 투수

*프리미어 12 최초 퍼펙트게임 달성(결승전)

1장
코치 한정훈

"한 코치, 자네 아직 젊지?"

"……네?"

"미안하네만 다음 시즌부터는 다른 팀을 알아봐야 할 것 같네."

갑작스러운 조정현 감독의 통보에 한정훈은 그저 눈만 깜빡거렸다.

플레이오프에서 분패하긴 했지만 팀은 동부 리그 4위로 가을 잔치에 합류했다. 가뜩이나 약한 투수력에 팀 타선을 이끌던 박병수와 마이크가 메이저 리그로 떠난 걸 감안하면 선전한 셈이었다.

거기다 장래 팀의 4번 타자감으로 점찍었던 강호영도 5번에서 맹활약을 펼쳤다. 벌써부터 언론에서는 강호영을 넥스트 박병수라 부르고 있었다.

언론에서도 썬더스를 향해 올해는 리빌딩과 성적, 두 마리 토끼를 다 잡았다고 평가했다.

코리안 시리즈를 밥 먹듯 치르던 팀이 아니라면 결코 실패한 시즌이라고 보기 어려웠다.

그런데도 조정현 감독은 한정훈에게 해고를 통보했다. 수석 코치도, 타격 코치도, 투수 코치도 아닌 일개 불펜 코치에게 말이다.

"왜…… 접니까?"

한정훈이 한참 만에 입을 열었다. 운영 팀에서 팀 쇄신을 위해 코치 한두 명이 갈릴 거란 흉흉한 소문이 나돌긴 했지만 설마하니 그 대상이 자신일 줄은 꿈에도 몰랐다는 표정이었다.

그러자 조정현 감독이 어색하게 입가를 비틀어 올렸다.

"조금 전에 말했잖나. 자넨 젊다고."

"……고작 그 이유입니까?"

"그리고 자넨 커리어가 제법 화려하지. 그 정도면 이 팀이 아니더라도 다른 팀에서 충분히 코치 생활을 할 수 있지 않나, 안 그래?"

"……"

화려한 커리어.

순간 한정훈은 치미는 감정을 되삼켜야 했다.

고등학교를 졸업하기가 무섭게 프로에 데뷔 후 16년을 버
텼다.

불펜에서 선발로.

다시 마무리를 거쳤다가 불펜으로.

결국 불펜으로 시작해 불펜으로 끝낸 야구 인생이었다. 그
래서 한정훈은 자신의 커리어가 대단하다는 생각을 단 한 번
도 해본 적이 없었다.

통산 519경기.

90승 88패.

94홀드 96세이브.

평균 자책점 3.99.

명예의 전당에 헌액되기에는 상당히 부족하지만 그렇다고
형편없는 선수로 평가하기는 어려운, 딱 그 정도 수준의 선
수일 뿐이었다.

하지만 조정현 감독의 생각은 그렇게 생각하지 않는 모양
이었다. 아니, 창단한 지 채 5년이 되지 않은 신생 팀 세종
썬더즈를 이끌어 나가야 하는 젊은 감독 조정현은 한정훈에

게 나름의 열등의식을 가지고 있을지 몰랐다.

포수 출신이 각광받기에 운 좋게 신생 팀의 2대 감독 자리에 오르긴 했지만 현역 시절 조정현 감독의 성적은 한정훈과 비교하기 민망할 정도였다.

통산 846경기.
타율 0.209.
홈런 27개.
OPS 0.567.

만약 조정현 감독이 포수가 아니었다면 아마 1군에서 800경기나 출장하는 일은 없었을 것이다.

물론 포수라는 포지션의 특성상 공격적인 면보다 수비적인 면을 더 높게 평가하는 경우가 많았다.

조정현 감독의 수비 능력은 리그에서 열 손가락 안에 들었고 그 덕분에 백업 포수로나마 태극 마크를 달기도 했다.

인간적으로도 조정현 감독은 괜찮은 선수였다.

팀 내에서 주장도 3년이나 했고 성적이 떨어지자 구단과 마찰 없이 일찌감치 코치 연수를 다녀와 배터리 코치, 수석 코치를 거쳐 지금의 감독직에 올랐으니 커리어만으로 그의 능력을 폄하할 수는 없는 일이었다.

하지만 단순히 커리어만 놓고 봤을 때 조정현 감독도 자신보다 두 살이나 어리면서도 프로 경력은 4년이나 많은 한정훈이 신경 쓰일 수밖에 없을 터였다.

한정훈도 그런 조정현 감독의 고충을 충분히 이해했다. 그래서 지난 2년간 조정현 감독의 의견에 최대한 맞추려고 노력했다.

처음에는 한정훈을 껄끄러워 하던 조정현 감독도 얼마 지나지 않아 사석에서는 형이라 부르라며 살갑게 굴었다.

며칠 전까지만 해도 단체 훈련 금지 기간을 이용해 마음에 맞는 코칭스태프들끼리 필리핀 여행을 다녀오자는 제안까지 들을 정도였다.

그런데 이제 와서 커리어 타령이라니.

'분명 나 대신 앉히고 싶은 사람이 있는 거겠지.'

한정훈은 쓴웃음이 났다. 내년을 대비해 팀 내 유망주들을 잘 키워 보라고 등을 두드려 놓고선 이제 와서 잘라내는 속셈이야 뻔한 것이었다.

'트윈스에서 김광렬이가 옷을 벗는다고 했던가.'

한정훈은 어렵지 않게 자신을 대신할 불펜 코치도 알아챘다.

김광렬.

한때 서울 트윈스의 간판 투수였다가 팔꿈치 인대 접합 수

술을 받은 이후로 내리막길을 걸은 비운의 에이스.

듣기로 김광렬이 조만간 은퇴를 발표한다고 했다. 그래서 메이저리그나 일본에 코치 연수를 떠날 것이라 예상했는데 처음부터 1군 불펜 코치로 코치 생활을 시작하려는 모양이었다.

'구단에서도 반대하진 않았겠지.'

신생 팀 썬더즈는 창단과 동시에 그해 대형 FA들을 싹쓸이해 와서 동부 리그 팀들의 공공의 적이 되어버렸다.

덕분에 팀은 벌써 4강 전력을 갖추었지만 아직까지 팀 조직력은 형편없는 수준이었다. 그런 팀의 재정비를 위해 이름 있는 코치를 데려오고 싶었을 것이다.

확실히 김광렬이라면 썬더즈에 큰 도움이 될 것이다. 그의 화려한 이력은 거액의 계약금을 받아놓고 아직까지 1군에 적응하지 못하는 팀의 선발 자원들에게 분명 좋은 자극제이자 목표가 될 수 있었다.

하지만 그런 김광렬을 대신해 자신이 잘려야 한다는 점은 여전히 이해하기 어려웠다.

썬더즈의 재정 형편상 1군에 불펜 코치 자리 하나 더 내놓는 건 일도 아니었다.

설사 1군이 어렵다면 2군, 3군이 있었다. 어느 보직이든 코치 생활을 연명할 수 있다면 한정훈은 크게 불만이 없었다.

그러나 조정현 감독의 표정으로 봐서는 이미 코칭스태프의 인선마저 전부 마무리된 것 같았다.

1군 16명, 2군 11명, 3군 8명, 재활군 5명.

무려 40명이나 되는 코칭스태프들 중에 자신을 위한 자리는 없는 것이다.

보나마나 제 사람들 챙기기에 여념이 없었을 것이다. 감독은 감독대로 프런트는 프런트대로.

학연, 지연, 혈연 따져 가며 이 사람은 안 되고 저 사람은 지켜주다 보니 결국 남은 게 자신인 모양이었다.

'빌어먹을 놈들. 타이거즈에 남아 있겠다는 거 억지로 끌고 와놓고 결국 토사구팽이냐?'

한정훈은 순간 울컥 화가 치밀어 올랐다. 타이거즈에서 잘 지내고 있는 자신을 프로 야구 헌신 운운하며 데리고 왔으면 책임을 져야지 이딴 식으로 쫓아내다니.

마음 같아선 기자 회견이라도 열어서 썬더즈가 지난 몇 년간 FA 사전 접촉을 대놓고 위반했다고 전부 까발려 버리고 싶었다.

하지만 그랬다간 이 바닥에서 영원히 매장되고 말 것이다.

"후우……."

한정훈이 길게 한숨을 내쉬었다. 하고 싶은 말은 많았지만 먹고살아야 한다는 현실이 그의 입을 무겁게 짓눌렀다.

그것을 마지못한 납득이라 여긴 것일까.

"이 친구, 기운 내게. 자네라면 금방 좋은 곳에서 연락이 올 테니까."

조성현 감독이 격려하듯 한정훈의 어깨를 툭툭 건드렸다.

'씨발, 그딴 소리 할 거면 내 자리나 하나 내놓으라고!'

다시 울컥 하고 치미는 감정을 억누르며 한정훈이 고개를 숙이고 물러났다. 더럽고 치사했지만 이번 일을 좋게 마무리 지어야 다른 곳에서도 코치 생활을 이어갈 수 있다.

"후우……."

감독실을 나서는 한정훈의 입가로 다시 무거운 한숨이 흘러나왔다.

"씨발, 진짜."

불현듯 지난 2년간 초짜 감독의 비위를 맞춰 왔던 게 구역질이 날 것만 같았다.

2

한정훈이 코칭스태프에서 잘렸다는 소문은 금세 퍼졌다.

"한 코치님, 그동안 정말 수고 많으셨습니다. 코치님 짐들은 소포로 보내드리도록 하겠습니다."

인사차 사무실에 들어가기가 무섭게 최 팀장이 먼저 말을 꺼냈다. 대놓고 말은 하지 않았지만 김광렬의 은퇴가 코앞일 테니 한시라도 빨리 한정훈을 내보내고 싶은 모양이었다.

"뭐 어쨌든 잘 지내다 갑니다."

한정훈이 가볍게 고개를 숙였다. 프런트가 무슨 죄이겠냐 만 저들은 남고 자신은 떠난다는 사실만으로도 왠지 모를 배신감이 들었다.

사무실을 나선 한정훈은 마지막으로 경기장을 살폈다. 훈련이 없는 날이라 그런지 경기장은 썰렁했다. 경기가 있는 주말이면 무려 3만 관중이 들어차는 곳인데 말이다.

'불펜 보수 공사는 끝났으려나. 아니지, 아니야. 내가 지금 뭔 생각을 하는 거야.'

자신도 모르게 불펜 쪽으로 향하던 발걸음을 다잡으며 한정훈이 고개를 흔들어 댔다.

어제까지는 썬더즈의 불펜 코치였을지 모르지만 지금은 아니었다. 그렇다면 불펜 보수 공사가 끝나든 말든 신경 쓸 필요가 없었다.

'선수 때도 그렇지만 코치 때도 끝은 엿 같네.'

땅이 꺼져라 무겁게 한숨을 내쉬며 한정훈이 몸을 돌렸다. 그리고 한 걸음 한 걸음, 걸음을 옮길 때마다 썬더즈에 대한 미련을 떨쳐 냈다. 그렇게 구단을 완전히 벗어나고서야 한정 훈의 마음도 조금은 개운해질 수 있었다.

'하긴, 썬더즈에서 평생 있을 생각은 없었으니까.'

한정훈은 좋게 생각하기로 했다.

세종 썬더즈는 전통 있는 명문 구단도 아니고 5년 차 신생 구단이다.

프로 야구를 오래 겪은 구단이라면 성적에 크게 연연하지 않겠지만 신생 구단은 달랐다. 빨리 두각을 드러내고 싶은 마음에 프런트의 입김이 점점 거세지고 있었다.

자연스럽게 성적에 대한 압박도 상당했다. 썬더즈에서는 고작 2년 몸담은 것뿐이지만 성적 고민으로 코치들과 퍼마신 술은 타이거즈에서 4년간 코치했을 때보다 더 많았다.

이런 곳에서 버티고 버텨 마지막에 감독이라도 될 수 있다면 한정훈도 오늘 일을 두고두고 억울해했을 것이다.

하지만 잘해야 1군 투수 코치가 끝이라면 굳이 썬더즈에 목을 멜 필요가 없었다.

'그래도 명찬이 놈 커브는 꼭 손봐 주고 싶었는데.'

불현듯 한정훈의 머릿속으로 애제자였던 유명찬의 얼굴이 스쳐 지나갔다.

감독의 지시로 유망주 유명찬의 투구 폼을 뜯어고치다시피 하고 있었는데 그걸 마무리 짓지 못한 게 체증처럼 가슴 한구석을 억눌렀다.

하지만 그것도 잠깐 뿐이다.

'지랄하네. 내 코가 석 자인데.'

한정훈은 다시 발을 잡아끌었다. 이가 없으면 잇몸으로 돌아가는 게 프로 야구 판이다. 고작 불펜 코치 하나 사라졌다고 해서 달라지는 건 없었다.

어쩌면 자신보다 더 잘나갔던 김광렬이 유명찬을 지도해줄지도 몰랐다. 아니면 같은 좌완인 김정후 투수 코치가 지도를 해주겠지.

어느 쪽이든 유명찬이 손해 볼 건 없었다. 아마 자신이 잘렸다는 소식을 전해 듣고도 그러려니 하고 있을지 몰랐다.

"이렇게 된 거 한 1년간 쉬면서 재충전이나 하자."

그렇게 한참을 걸어 버스 정류장에 도착한 한정훈이 혼잣말처럼 중얼거렸다.

썬더즈의 코칭스태프 인선이 끝난 것처럼 다른 프로 구단들의 코칭스태프 인선도 마무리 단계일 것이다.

물론 한두 군데 정도는 구멍이 나 있을 수도 있겠지만 이 바닥에 남아도는 게 투수 코치였다.

괜히 급한 마음에 싼 값에 계약하느니 내실을 다지며 내년을 준비하는 편이 나을 것 같았다.

그러나 인생사 제 맘대로 되는 건 하나도 없었다.

지이이잉. 지이이잉.

버스를 기다리는데 뒷주머니가 왕왕 울렸다.

"또 누가 날 위로해 주려고 이러나."

그렇지 않아도 술이 당겼던 한정훈이 냉큼 핸드폰을 빼 들었다. 그러다 발신인을 확인하고는 잔뜩 이맛살을 찌푸렸다.

아영 엄마.

한정훈은 핸드폰을 다시 뒷주머니에 집어넣었다. 오늘 같은 날 이 여자와 살갑게 통화를 할 마음은 없었다.

그러나 핸드폰은 쉬지 않고 울려 댔다. 버스를 타고 집에 도착해 뜨거운 물로 깨끗이 샤워를 한 다음에도 말이다.

부재중 통화 27건.

"이런 미친……!"

핸드폰을 확인한 한정훈의 입에서 기어코 욕지거리가 터져 나왔다.

스토커도 아니고 27번이라니. 모르는 사람들이 보면 바람난 남편에 집착하는 조강지처라고 착각할 정도였다.

그러나 실상은 그 반대다.

하나밖에 없는 딸자식 교육시키겠다며 미국으로 건너가서는 정작 외국인과 바람이 난 여자다. 그것도 딸자식은 내팽

개친 채 말이다.

만약 미국에 살고 있던 친척이 알려주지 않았다면 한정훈은 아무것도 모른 채 오늘까지도 한국에서 열심히 현금인출기 노릇을 하고 있었을 것이다.

이미 이 여자와는 협의 이혼을 하기로 이야기가 끝난 상태였다. 그리고 관련 서류들은 변호사를 통해 이미 제출이 되어 있었다.

그런데 이제 와서 무슨 염치로 전화질이란 말인가?

한정훈은 신경질적으로 핸드폰을 움켜쥐었다. 마음 같아선 힘껏 내던지고 싶었지만 바로 얼마 전에 바꾼 최신형 핸드폰이라 차마 그러지 못했다.

그때였다.

우우우웅. 우우우웅.

손에 쥔 핸드폰이 격하게 몸부림을 쳐댔다.

한정훈의 매서운 시선이 핸드폰에 내리꽂혔다. 만약 이번에도 그 여자라면. 가만있지 않을 생각이었다.

하지만 액정 화면에 떠오른 건 딸아이의 이름이었다.

아영이.

한아영.

엄마 잘못 만나 미국에서 고생하고 있는 하나뿐인 피붙이
였다.

"응, 딸. 무슨 일이야?"

한정훈이 아무 일도 없었다는 것처럼 전화를 받았다. 눈치
하나는 기가 막히게 빠른 딸아이에게 구단에서 잘렸다는 사
실을 들키고 싶지 않았다.

그러나 딸아이도 단순히 안부 차원에서 전화를 한 게 아니
었다.

—아빠, 엄마한테 전화 안 왔어?

"응? 왜? 또 그 여자가 뭐라고 하디?"

—아니, 그건 아닌데……. 아무튼 아빠, 그냥 엄마 한 번만
봐주면 안 돼?

"……뭐?"

갑작스런 딸아이의 말에 한정훈은 순간 할 말을 잊어버
렸다.

봐달라니. 봐주라니. 이게 봐주고 말고 할 일이던가.

한정훈의 미간이 와락 일그러졌다.

그 여자가 혼자 미국에 가서 바람을 피우다 걸린 것이라면
한 번쯤은 용서할 수도 있었다.

한정훈 역시 선수 생활 하면서 하늘을 우러러 한 점 부끄

러움 없이 살았던 것은 아니었다.

하지만 엄마라는 작자가 남자에 눈이 멀어 딸자식을 제대로 돌보지 않았다는 것만큼은 용서하기 어려웠다.

이혼도 그래서 내린 결정이었다. 마흔을 넘긴 나이에 애딸린 홀아비로 평생 살아야 할지 모름에도 말이다.

그런데 봐달라니.

그게 한국에서 혼자 고생하는 아버지에게 할 말이던가!

"후우……."

한정훈은 가슴이 쓰렸다. 갑작스런 해고로 인해 상처 난 가슴에 믿었던 딸아이가 소금을 뿌린 것만 같았다.

"……갑자기 왜 그래?"

한정훈이 힘겹게 말을 이었다. 착한 딸아이가 이렇게 말한다면 분명 그럴 만한 사정이 있을 것이라 여겼다.

그러나 아영은 한정훈의 생각처럼 착하기만 한 딸이 아니었다.

ㅡ뭐가 갑자기야. 내가 예전부터 말했잖아. 다시 엄마랑 살고 싶다고.

"아영아……."

ㅡ아 몰라. 콩쿠르 나가려면 신경 쓸 것도 많은데 나 혼자 다 해야 하잖아. 아빠가 그런 걸 알아?

"너 힘든 건 아빠도 미안하게 생각하는데……."

-그럼 미안해하지만 말고 내 생각 좀 해줘. 엄마도 용서
해 주면 잘한다잖아.

"아영아, 그건……."

-아니면 아빠가 미국으로 오던가! 근데 그렇게 못 하잖
아. 그러니까 그냥 나 대학 졸업할 때 까지만 아빠가 참아주
라. 이혼은 그다음에 해도 되잖아. 안 그래?

"하아……."

한정훈이 다시 한숨을 내쉬었다. 설마설마했건만 결국 한
다는 소리가 저 편해지겠다는 말이다.

자신의 행복을 위해 아빠 인생 정도는 포기해 달라는 강요
였다.

한정훈은 바들거리는 손으로 통화 종료 버튼을 눌렀다. 뒤
이어 몇 차례 딸아이에게 전화가 왔지만 도저히 받을 기분이
아니었다.

믿었던 딸아이에게까지 배신당한 기분은 말로 형용할 수
없을 정도였다.

엄마를 보고 싶어 하는 딸아이의 심정을 이해 못하는 건
아니지만 마치 '너 하나만 희생하면 모두가 행복해'라는 말은
들어줄 수가 없었다.

'취하자.'

한참 동안 쓰린 속을 부여잡던 한정훈이 몸을 일으켰다.

오늘 같은 날은 취하지 않고서는 견딜 수 없을 것만 같았다.

한정훈은 냉장고에 들어 있던 캔맥주를 전부 꺼내어 마셨다. 따로 안주를 챙길 여력도 없었다.

그저 지금은 한시라도 빨리 취해서 이 더러운 감정을 억누르고 싶었다.

그렇게 캔맥주 여덟 개를 비워 내고서야 한정훈은 숨 쉬기가 편해졌다. 하지만 이 정도 취기로는 부족했다.

선수로 16년, 코치로 6년. 프로 야구 판에서 22년을 버티며 는 것이라고는 쓸데없는 주량밖에 없었다.

"후우……."

꺼냈던 캔맥주가 전부 떨어지자 한정훈은 다시 몸을 일으켰다. 그리고 지난번에 사다 놨던 양주를 찾아 작은 방으로 들어갔다.

작은 방 한편에는 고풍스러운 장식장이 놓여 있었다. 프로 야구 선수들이라면 누구나 하나쯤 마련한다는 트로피(Trophy) 장식장이었다.

3단으로 주문 제작한 트로피 장식장의 1단에는 열댓 개의 상패들이 놓여 있었다.

아마추어 시절. 그래도 제법 괜찮았던 유망주로 이름을 날리던 그때 운 좋게 받았던 것들이었다.

하지만 프로 시절을 상징하는 2단에 놓인 상패는 단 두 개

뿐이었다.

하나는 선수 협회에서 준 우정상. 다른 하나는 은퇴 때 구단에서 준 공로상.

언감생심 MVP나 골든 글러브는 바라지 않았지만 16년 프로 선수의 트로피 장식장이라고 하기에는 너무 휑했다.

그래서 한정훈은 2단의 남은 자리에 술병을 채워 넣었다.

선물 받은 고급 양주부터 시작해 전지훈련 때 구입한 특별한 양주까지.

언제고 기분 좋게 먹을 날을 기다리며 고이 모셔 두었다.

덕분에 트로피 장식장이 양주 장식장이 되어버렸지만 지금 이 순간만큼은 이름 모를 술집에 들어가 청승맞게 혼자 술을 마시지 않아도 되어서 천만다행이었다.

한정훈이 유리로 된 장식장 문을 열었다. 그러다 가장 앞쪽에 놓인 양주병을 바라보며 한정훈이 쓴웃음을 지었다.

"빌어먹을."

발렌타인 30년산.

전지훈련에서 돌아왔을 때 조정현 감독의 권유로 큰맘 먹고 구입한 녀석이었다. 썬더즈가 우승을 할 때 함께 즐기자며 말이다.

그런데 이 비싼 술을 마시기도 전에 썬더즈에서 잘리고 말았다. 게다가 앞으로 썬더즈가 우승한다 하더라도 한정훈에게는 별다른 의미가 없었다.

"이딴 걸 여기다 왜 둔거야?"

한정훈은 발렌타인 30년산을 장식장 밖으로 빼 버렸다. 그리고 다른 술 중에서 마실 만한 걸 골랐다.

조정현 감독처럼 양주 애호가까지는 아니었지만 한정훈도 야구 선수로 살면서 모아 놓은 양주가 제법 됐다.

그러나 아무리 살펴봐도 지금의 이 감정을 억눌러 줄 만한 술은 보이지 않았다.

"그걸 마셔 볼까?"

한참을 장식장 앞에서 서성이던 한정훈의 머릿속으로 불현듯 특별한 술이 떠올랐다.

은퇴했을 때 구단을 통해 전해진 정체 모를 술 상자.

구단 직원은 아마도 팬이 보낸 것 같다고만 했다.

그때는 워낙에 위로 자리가 많아서 그 술을 마실 시간이 없었다. 그렇게 한동안 잊고 지내다가 재작년에 지금의 오피스텔로 이사를 오면서 창고 구석에 처박혀 있던 걸 발견해 냈다.

"그걸 어디다 뒀더라?"

잠시 방 안을 두리번거리던 한정훈이 서랍장 위쪽에 놓아 두었던 정체 모를 검은 상자를 찾아냈다. 그 안에는 두 개의 술병이 들어 있었다.

"와인인가?"

한정훈이 첫 번째 술병을 들어 올렸다. 라벨은 없었지만 술병 몸통에는 영어 같은 게 양각되어 있었다.

"이거 뭐라고 쓰여 있는 거야?"

흔들리는 눈으로 단어를 살피던 한정훈이 이맛살을 찌푸렸다. 영어와 담을 쌓고 살긴 했지만 이런 단어는 처음 보는 것 같았다.

"먹을 수는 있는 건가?"

한정훈이 조심스럽게 코르크 마개를 뽑아냈다. 순간 뽕 하는 소리와 함께 알싸한 향이 코끝을 훑고 지나갔다.

"대충 포도주 같은데."

한정훈은 이내 고개를 끄덕거렸다. 팬이라는 사람이 먹지도 못하는 술을 보내지는 않았을 것 같았다.

"와인인데 아무렇게나 마시긴 좀 그렇지."

한정훈은 주방으로 가서 와인잔과 치즈를 몇 점 가져왔다. 가끔 느끼한 게 당길 때 라면에 집어넣는 평범한 치즈였지만 와인에는 이만한 안주가 없었다.

또르르르.

술을 따르자 와인잔이 붉게 물들었다.

"레드 와인이라."

한정훈은 가볍게 와인잔을 들이켰다. 이미 맥주로 입가심을 해서인지 술이 술술 잘도 넘어갔다.

"생각보다 맛있는데?"

단숨에 와인잔을 비운 한정훈이 병째로 술을 들이켰다.

꿀꺽. 꿀꺽.

몇 번의 목 넘김 끝에 술병이 텅 비어버렸다. 하지만 애석하게도 이 녀석으로도 완전히 취하질 않았다.

그래도 술을 마신 보람은 있었다. 맥주에 와인까지 섞이자 취기가 확 올라온 것이다.

덕분에 더 이상 실직자가 됐다는 현실이 짜증스럽지 않았다. 저밖에 모르는 딸아이도 밉지 않았다.

안주 삼아 치즈까지 오물거리자 몸도 마음도 한결 편안해졌다.

"하아. 대체 뭘 한 건지."

한정훈이 푸념하듯 중얼거렸다. 생각해 보면 참 미련하게도 산 것 같았다.

그깟 코치가 뭐라고. 그깟 이혼이 뭐라고.

뭘 그리 아등바등하며 살았는지.

"그래도 선수 시절에는 이 정도는 아니었는데."

한정훈이 고개를 절레절레 흔들어댔다. 그러고는 상자 안에서 두 번째 술병을 꺼내 마개를 따냈다.

또르르르.

빈 와인잔이 이번에는 핏빛으로 채워졌다.

제법 섬뜩한 느낌마저 들었지만 취기가 올라서일까. 한정 훈은 대수롭지 않게 와인잔을 들이켰다.

"후우……."

와인잔을 비운 한정훈의 얼굴이 붉게 달아올랐다. 이번 술이 독해서인지 지금껏 마신 술 때문인지는 몰라도 취기가 머리끝까지 치미는 기분이었다.

"취하니까 좋네."

한정훈이 낄낄 웃어 댔다. 분명 이렇게 취하고 싶어서 술을 마셔 댔다. 그러면 오랜만에 기분 좋게 잠을 잘 수 있을 것 같았다.

꿀꺽. 꿀꺽.

한정훈은 두 번째 병도 병나발로 해치워 버렸다. 두어 번 목에 술이 걸렸지만 뱉어내지 않고 전부 마셔 버렸다.

"꺼어억."

마치 탄산음료를 마신 것처럼 시원하게 트림까지 하자 기분이 더욱 좋아졌다.

"자, 이제 자자."

한정훈은 비틀거리며 안방으로 들어갔다. 그리고 푹신한 침대 위로 고꾸라지듯 쓰러져 버렸다.

한정훈은 과연 몇 점짜리 선수였을까.

술기운 때문일까. 한정훈은 불현듯 그런 생각이 들었다.

통산 519경기.

90승 88패.

94홀드 96세이브.

평균 자책점 3.99.

성적이 말해주듯 대단한 선수 생활을 했던 건 아니었다. 하지만 어딜 가서 무시당할 정도도 아니었다.

투수라면 누구나 꿈꾸는 선발투수로 8년을 버텼다. 비록 10승 투수는 단 한 번도 되지 못했지만 꾸준히 8승 전후의 성적을 올리며 선발진의 한 축을 담당했다.

불펜 투수로서의 성적도 나쁘지 않았다.

94홀드, 그리고 96세이브.

중간이든 마무리든 마운드에 올라가면 늘 최선을 다해 왔다. 100승은 물론이고 100홀드와 100세이브를 채우지 못한 게 한이긴 했지만 16년이나 프로에서 버틴 걸 감안하면 괜찮은 결과물이었다.

무엇보다 그땐 야구를 할 수 있었다. 마운드에 올라 투수판을 밟고 포수의 미트를 향해 있는 힘껏 공을 던질 수 있었다.

그땐 진짜 지긋지긋했었는데.

한정훈은 우스웠다. 선수 시절에는 올해만 하고 그만두자는 말을 입버릇처럼 해왔는데 운동을 그만두니까 오히려 그시절이 간절하고 그리워졌다.

그때 조금만 더 열심히 할걸.

한정훈은 씁쓸했다. 은퇴하면 모든 게 홀가분해질 줄 알았는데 그게 아닌 것 같았다.

일찍 은퇴한 동기들은 16년이나 프로 생활을 한 자신을 부럽게 쳐다보곤 했다. 16년이나 프로에서 버텼으니 적어도 선수로서 미련은 없을 것이라고 말이다.

하지만 말이 좋아 16년이지 16년 내내 즐겁고 행복했던 건 결코 아니었다.

프로 생활을 되돌아본다면.

16년의 선수 생활 중 남들에게 자부할 수 있는 건 9승을 올렸던 첫 풀타임 선발 시즌과 마무리투수로 38세이브를 올렸던 두 시즌뿐이었다.

나머지 시즌은 어떻게 버텼는지 제대로 기억조차 나지 않았다. 크고 작은 부침을 겪으면서도 구단과 주변의 기대에 부응하기 위해 이를 악물고 던졌다는 사실만 알고 있을 뿐이었다.

그럼 야구 인생의 전성기는 첫 선발 시즌일까. 아니면 마무리투수로 변신해 팀의 포스트 시즌 진출에 일조했던 시즌일까.

언론의 주목은 확실히 마무리투수로 변신했을 때가 더 컸다. 하지만 개인적인 성취감만 놓고 보자면 첫 선발 시즌 쪽이 더 나은 것 같았다.

그렇다고 첫 선발 시즌의 성적이 최선이었다고 말하긴 어려울 것 같았다.

9승 10패, 평균 자책점 4.04, 다승 공동 44위, 평균 자책점 27위.

언론에서는 선발 경쟁을 뚫고 6선발로 첫 시즌을 보낸 신인치고는 나쁘지 않은 기록이라는 평가가 대부분이었다.

하지만 그건 어디까지나 앞으로 더 나은 성적을 낼 거라는 기대가 포함된 평가일 뿐이었다.

이듬해 9승. 그다음 해 8승. 그다음 해도 8승.

네 시즌 연속 10승을 넘기지 못하자 유망주라는 수식어도 사라져 버렸다.

노망주.

유망주로 시작했지만 그놈의 포텐은 터질 기미조차 보이지 않고 나이만 먹어 가는 선수들을 일컫는 애증의 표현.

물론 30을 넘어 노망주라는 꼬리표를 떼고 스타의 반열에 들어선 선수들도 없지는 않았다. 하지만 그들보다 노망주의 늪에서 허우적대다 사라진 선수들이 더 많았다.

노망주라 불렸지만 네 시즌을 더 선발투수로 버틴 건 운이 좋아서였다. 해마다 선발투수들이 부상을 당하거나 FA로 빠져나가면서 땜질용 선발로 연명할 수 있었다.

하지만 성적은 계속 제자리를 맴돌았다.

8승. 7승. 8승. 7승.

퐁당퐁당 8승과 7승을 오갔다.

그렇게 8시즌 동안 선발로 쌓은 성적은 고작 64승 80패.

연평균 8승 10패.

메이저리그처럼 한 시즌 162경기를 치르는 국내 무대에서 이 정도 성적으로는 대접받기 어려웠다.

그런데 전성기라니. 이 정도도 못한 선수들이 태반이라지만 고작 이 정도 성적을 내려고 프로에 들어온 건 결코 아니었다.

선발 때에 비해 마무리투수로 화려하게 변신한 시즌의 성적은 그나마 봐줄만 했다.

2승 6패, 38세이브, 세이브 공동 11위.

하지만 마무리투수 자리도 실력으로 따낸 게 아니었다. 선발 경쟁에서 밀려 불펜으로 내려갔다가 마무리투수가 시즌 초 갑작스럽게 부상을 당하면서 엉겁결에 팀의 뒷문을 단속하라는 임무를 받은 것뿐이었다.

이후로 3년 더 마무리투수로 활약했지만 세이브 숫자는 점점 줄어들었다. 팀이 하위권을 맴돈 덕분에 계속해서 마무리투수로 기용되긴 했지만 이 시기를 전성기로 꼽기에는 자존심이 상할 노릇이었다.

선발 시즌 이전에 불펜 투수로 시작한 두 시즌과 은퇴 직전 추격조(말이 좋아 추격조이지 패전 처리)로 보냈던 두 시즌은 거론할 필요조차 없었다.

그렇게 16년을 버텼다.

돌이켜 보니 허망할 지경이었다.

물론 프로 야구 선수로 지낸 대부분의 시간을 1군에서 보냈다는 건 대단한 일이었다. 그것이 능력이든 운이든 간에 아무나 이룰 수 있는 게 아니었다.

소위 말하는 프랜차이즈 스타들. 혹은 레전드 급 선수들.

이 바닥에서 타고났다는 이들만이 누리는 특권이나 마찬가지였다.

그 특권을 함께 누렸다는 건 한정훈도 그들처럼 대성할 자질을 갖추고 있었다는 의미다.

그러고 보면 아마추어 시절에는 그래도 곧잘 한다는 소리를 들었었는데.

야구를 처음 시작한 건 초등학교 4학년 때.

나이에 비해 키가 크고 체격이 좋다는 이유로 야구부에 스카우트되면서부터였다.

처음에는 야구가 무엇인지도 모르고 덤벼들었다. 공을 던지는 것도 재미있었고 누군가 던진 공을 치는 것도 재미있었다.

그렇게 한참 야구의 재미에 빠져 있다 보니 실력도 빠르게 늘었다. 동명중학교에 진학해서는 1학년 때부터 주전 자리를 꿰찼다. 2학년에 올라서는 2선발까지 올랐고 3학년이 되어서는 에이스라 불리기 시작했다.

그 기세는 동명고등학교에 진학해서도 달라지지 않았다. 선배들은 중학교 야구와 고등학교 야구는 차원이 다르다고들 했지만 한정훈은 어렵지 않게 주전 라인업에 이름을 올리게 됐다. 그리고 중학교 때보다 한 학년 앞서서 팀의 주축 선발투수로 활약하기 시작했다.

3학년 선발투수가 3명이나 버티고 있었기 때문에 대놓고 에이스라 불리지는 못했지만 한정훈은 공공연히 동명의 에이스라 불렸다. 감독도 어려운 팀을 상대할 때마다 3학년 선발 3인방보다 한정훈을 내세웠다.

제대로 실력을 보이지 못하면 3학년들의 진로가 엉킨다는 이유가 컸지만 그 이면에는 한정훈에 대한 신뢰가 있었기에 가능한 결정이었다.

그래. 2학년 시절. 그때.

한정훈은 괜히 심장이 두근거렸다.
그때. 그 시절.
제대로 던질 수 있는 공이라고는 투심 패스트볼 하나뿐이었지만 마운드에서는 늘 씩씩했던 그 시절. 동명고의 에이스 시절.
그때는 정말 멋졌는데.

어쩌다가. 어쩌다가 이런 그저 그런 투수가 되어버렸단 말인가.

모르겠다. 솔직히 모르겠다.

그때 특별히 노력을 하지 않았던 것도 아니고 헛바람이 들었던 것도 아니다.

고등학교 3년간 잘 버티고 성장했기 때문에 2차 2라운드 지명을 받을 수 있었다.

하지만 한정훈은 왠지 모를 아쉬움이 컸다. 만약 야구 인생을 통틀어 터닝 포인트라고 할 만한 시점을 잡는다면. 아마도 그 시절. 동명고의 에이스라 불리던 그 시절, 그 무렵일 것만 같았다.

만약 그때 조금만 더 좋은 공을 던졌다면 어땠을까. 만약 그때 제대로 된 세컨드 피치(2nd Pitch)가 있었다면 어땠을까.

그렇다면 답답하기만 했던 야구 인생에 조금 더 숨통이 트이지 않았을까.

모르지. 그때로 되돌아가서 확인하지 않는 이상은 말야.

한정훈은 한숨을 내쉬었다. 만약에로 시작하는 모든 가정은 결국 무의미할 뿐이다. 그 만약에가 현실이 되지 않는 이상은 말이다.

그러나 정말로 그 만약을 현실로 만들 수만 있다면.

정말 좋은 투수가 될 수 있을 것 같은데.

한정훈이 혼잣말처럼 중얼거렸다. 그리고…….
스아아앗.
자신도 모를 아득함 속으로 빨려 들어갔다.

1

"어어? 야! 야 인마!"

"……."

"이 새끼가 진짜."

한참 핸드폰 게임에 열중하던 박경철이 어처구니없다는 얼굴로 옆을 바라봤다.

후배 녀석이, 그것도 이제 막 야구부에 들어온 신입생 녀석이 선배의 어깨에 얼굴을 기대어 잠을 처자고 있었다.

"너 이 새끼, 빨리…… 대가리 안 치워?"

열심히 손가락을 움직이며 박경철이 빠득 이를 갈았다. 지금 그는 던전 클리어를 눈앞에 두고 있는 상황이었다.

마음 같아서는 후배 녀석의 뺨을 때려주고 싶었지만 도저히 핸드폰에서 손을 뗄 수가 없었다. 아니, 손이 떨어지질 않았다.

여기까지 어떻게 왔는데!

'젠장할!'

질근 입술을 깨물던 박경철은 어쩔 수 없이 후배의 머리통을 어깨에 짊어진 채로 클리어에 열을 올렸다.

자연스럽게 어깨에 힘이 들어가고 목이 뻐근해졌지만 여기서 죽으면 처음부터 다시 던전을 돌아야 했기 때문에 고도의 집중력을 발휘했다.

'조금만 더. 조금만 더. 조금만 더!'

박경철이 미친 듯이 좌우 엄지손가락을 움직였다. 평소 타석에만 서면 산만해져서 감독에게 박산만이라고 구박받던 모습은 조금도 찾아보기 어려웠다.

덕분에 보스 몬스터의 HP 게이지가 어느덧 바닥을 보이기 시작했다.

'좋아! 좋아!'

박경철이 더욱 눈에 불을 켰다. 어깨의 감각이 점점 사라져 갔지만 그럴수록 그의 엄지손가락은 핸드폰 액정 위에서 불꽃을 튀겼다. 그렇게 던전을 클리어하려던 그 순간,

덜컹!

잘 가던 버스가 크게 흔들렸다. 그러더니 어깨에 매달려 있던 후배 녀석의 머리통이 그대로 핸드폰 위로 떨어졌다.

"이런 시팔!"

박경철이 다급히 두 팔을 빼냈지만 그때는 이미 늦어버렸다.

Game Over.

애써 키운 캐릭터의 사체를 자근자근 짓밟으며 포효하는 던전 보스 몬스터의 모습이 박경철의 두 눈을 뒤집어버렸다.

"이 새끼야! 너 죽을래?"

박경철이 뒤늦게 정신을 차리고 몸을 일으키는 후배 녀석을 노려봤다. 겁대가리를 상실해도 유분수지 선배의 어깨에 기대서 잠을 자는 것으로도 모자라 게임까지 망치다니. 예전 같았으면 신입생들 전부 모아놓고 줄빠따 감이었다.

하지만 정작 후배 녀석은 영문을 모르겠다는 표정이었다.

"너 이 새끼, 이거 어떻게 할 거야?"

"......?"

"이거! 이거 어떻게 할 거냐고!"

박경철이 핸드폰을 내밀며 소리쳤다. 처음에는 무슨 소리인가 하던 후배도 핸드폰 액정을 쓱 바라보고는 꾸벅 고개를 숙였다.

"죄송합니다."

"……뭐?"

"죄송합니다. 저 때문에 게임 망치신 거잖아요."

"허……!"

후배가 너무나 자연스럽게 고개를 숙이고 사과를 하자 박경철의 표정이 당혹스럽게 변했다.

후배 녀석은 이럴 놈이 아니다. 바로 이틀 전 연습 게임 때만 하더라도 자신의 볼 배합이 마음에 들지 않는다며 대놓고 투덜대던 싸가지 없는 녀석이 이렇게 쉽게 고개를 숙일 리 없었다.

'이 새끼, 잠이 덜 깬 거 아냐?'

박경철이 눈을 부릅뜨고 후배를 노려봤다. 그러자 잠시 눈을 끔뻑거리던 후배 녀석이 슬그머니 손을 내밀었다.

"그럼 제가 깨드릴까요?"

"……뭐 인마?"

"저 그런 게임 잘합니다. 제가 깨 드릴게요."

후배는 얼떨떨해하는 박경철의 손에서 핸드폰을 빼냈다. 그리고 무표정한 얼굴로 손가락을 움직이더니 10분 만에 던전을 클리어해 버렸다.

"여기요, 선배님."

후배가 다시 핸드폰을 박경철에게 건넸다.

"너⋯⋯."

순간 박경철은 할 말을 잃었다. 자신이 30분간 끙끙대던 던전을 10분 만에 클리어해서가 아니었다. 방금 전 녀석이 말끝에 붙인 호칭 때문이었다.

선배님이란다. 지금껏 선배란 호칭도 아까워하던 녀석이 말이다.

'너 왜 그러니?'

턱 끝까지 치미는 궁금증을 되삼키며 박경철은 다시 게임을 시작했다. 왠지 당분간은 이 녀석을 건드리면 안 될 것 같았다.

2

'오랜만이네.'

천천히 의자에 몸을 기대며 한정훈이 혼잣말처럼 중얼거렸다.

낯익은 버스. 낯익은 얼굴.

한정훈은 자신이 고등학교 시절로 되돌아왔다는 사실을 금세 알아챘다.

자주는 아니지만 가끔 지치고 힘들 때면 한정훈은 어린 시절의 꿈을 꾸곤 했다.

선수 시절 때는 이 꿈이 정말 싫었다. 무거운 현실을 감당하지 못하고 과거로 도망치려는 것 같아서 어떻게든 꿈에서 벗어나려고 아등바등하였다.

하지만 선수로서 미련을 접고 코치가 되면서부터는 이런 꿈이 반가웠다. 특히나 아마추어 선수로 제법 활약했던 고등학교 시절은 꿈에서 깨고 싶지 않을 정도였다.

'그나저나 어디로 가는 거지?'

한정훈이 슬쩍 커튼을 들춰 창밖을 바라봤다.

어느 정도 예상은 했지만 선수단 버스는 고속도로를 달리고 있었다. 날이 밝은 것으로 보아 대회나 연습 게임을 앞둔 모양이었다.

'그런데 내 옆자리가 경철 선배네?'

한정훈의 시선이 옆에 앉은 박경철에게 향했다. 자신이 동명고등학교에 들어 왔을 때 주전 포수였던 박경철이 남아 있다는 건 이 꿈의 시점이 1학년 시절이라는 의미였다.

'쯧쯧.'

또다시 핸드폰 게임에 빠져 있는 박경철을 보며 한정훈이 속으로 혀를 찼다. 별로 친하지 않은 선배이긴 했지만 저 꼴을 보아하니 어째서 1군 문턱도 밟지 못했는지 알 것만 같았다.

'에이, 잠이나 자야겠다.'

한정훈은 이내 눈을 감았다. 주축 투수로 활약하던 2학년 때나 3학년 때라면 몰라도 3학년들의 텃세 속에서 야구를 해야만 했던 1학년 시절은 별로 달갑지 않았다.

만약 한정훈이 이 시점을 단번에 알아챘다면 조금 전 박경철에게 고개를 숙이는 일도, 대신 게임을 클리어해 주는 일도 없었을 것이다.

그때였다.

"야, 자냐?"

갑자기 박경철이 말을 걸어왔다. 그답지 않은 말투를 보아하니 게임이 잘 안 되는 모양이었다.

한정훈은 슬며시 창가 쪽으로 몸을 돌렸다.

넌 인마, 그런 게임 하지 마.

차마 내뱉지 못한 말이 입술을 타고 꿈틀거렸다.

"아, 새끼 진짜."

박경철이 이맛살을 찌푸렸다. 분명 조금 전까지만 해도 깨어 있었는데 갑자기 자는 척이라니. 새파란 후배 녀석에게 농락당하는 기분이었다.

하지만 박경철은 이내 혀를 차 버렸다. 생각해 보면 자신에게 선배님이라 부르며 고개를 숙이던 한정훈이 이상한 것이다. 선배가 부르는데 코대답조차 하지 않는 지금의 한정훈이야말로 정상인 셈이다.

박경철이 다시 게임에 빠져들었다. 덩달아 한정훈도 나른함 속으로 자신을 몰아넣었다.

보통 이렇게 의식을 놓으면 꿈은 흐릿해지게 마련이다.

1학년 시절이라면 한정훈은 차라리 꿈에서 깨는 편이 낫다고 생각했다. 그리고 다음번 꿈에는 잘나갔던 2학년이나 3학년 시절의 꿈이 펼쳐지길 바랐다.

3

끼이이익.

점점 느려지던 선수단 버스가 기어코 멈춰 섰다. 뒤이어 감독의 목소리가 울려 퍼졌다.

"자는 놈들 깨우고. 빨리 빨리 내려라."

한정훈의 귓가에도 감독의 목소리가 모기 소리처럼 왕왕 울렸다.

'아 씨, 빨리 깨라니까 이 꿈은 뭐가 이렇게 길어.'

한정훈은 반항하듯 의자에 몸을 깊숙이 파묻었다. 꿈이라 하더라도 고등학교 1학년 시절을 다시 겪고 싶지는 않았다.

그러자 보다 못한 박경철이 한정훈의 어깨를 잡고 흔들어 댔다.

"야, 인마. 얼른 안 일어나?"

"……."

"이 새끼가 미쳤나, 이거. 빨리 일어나! 다 내리는데 너 혼자 뭐 하고 있는 거야?"

"……."

"야! 이 새끼야!"

"……!"

순간 한정훈은 짜증이 확 치밀었다. 박경철이 손바닥으로 자신의 뺨을 때린 것이다.

'진짜 이 인간은 꿈에서도 이 지랄이냐?'

한정훈이 눈을 부릅뜨며 박경철을 노려봤다. 그 기세가 어찌나 사납던지 한정훈의 얼굴 근처까지 다가왔던 박경철의 솥뚜껑 같은 손이 슬그머니 도망을 쳐 버렸다.

'아, 시팔. 놀래라.'

박경철은 자신도 모르게 마른침을 꿀꺽 삼켰다. 아무리 깨워도 꿈쩍도 안 하던 녀석이 가볍게 뺨 한 대 얻어맞더니 귀신들린 사람처럼 눈을 까뒤집는데 놀라지 않을 재간이 없었다.

그렇다고 3학년 선배가 되어서 신입생의 기세에 겁을 먹을 수는 없는 노릇이었다.

"일어났으면 빨리 내려."

박경철이 의자와 한 몸이 되어버린 한정훈의 팔을 잡아끌었다. 한정훈이 무시하고 다시 눈을 감으려 했지만 힘 하나

만큼은 장사인 박경철에게 끌려 일어날 수밖에 없었다.

'나 참. 꿈 한번 더럽네.'

한정훈은 마지못해 몸을 움직였다. 이 정도 했으면 끝날 만도 한데 이놈의 꿈은 도무지 끝날 기미가 보이지 않았다.

하지만 터벅터벅 버스에서 내린 순간, 왠지 이게 꿈이 아닌 것 같다는 생각이 들었다.

스아아앗.

갑자기 온몸을 스치고 지나간 바람은 싸늘했다. 아직 3월이라 그런지 순간적으로 살이 에이는 것 같은 기분이었다.

문제는 그 기분이다.

꿈이라면 결코 느껴지지 않을 그 기분.

'에이, 설마.'

자신도 모르게 잠시 걸음을 멈췄던 한정훈이 피식 웃었다.

이게 꿈이 아니라면?

설마 과거로 돌아오기라도 했단 말인가.

'미친.'

차라리 4D기능을 탑재한 개꿈을 꾸고 있다는 게 더 그럴듯하게 느껴졌다.

한정훈은 별생각 없이 앞서 내린 선수를 따라 움직였다. 그가 앞줄에 서자 자신도 그 옆에 나란히 섰다.

그러자 동명고 감독 허세명의 입에서 호통이 터져 나왔다.

"야, 한정훈!"

"네······?"

"너 인마, 니가 왜 앞줄에 서?"

"······?"

한정훈은 그제야 자신이 주전 줄에 섰다는 걸 알아챘다.

이동 전 일시적으로 모일 때 앞줄은 주전 및 고참 선수들이 섰다. 후보 선수나 신참들은 그 뒷줄에 서는 게 동명고의 오랜 규칙이었다.

'아, 그랬지. 참.'

한정훈은 고개를 주억거리고는 두 걸음 뒤로 물러섰다. 평소 꾸던 고등학교 시절의 꿈은 늘 주전 선수였다 보니 앞줄에 서는 데 익숙해진 모양이었다.

하지만 허세명 감독은 한정훈이 지난 연습 경기 때문에 대드는 것이라고 여겼다.

이틀 전.

동명고등학교는 주전 선수들의 컨디션 점검을 위한 자체 청백전을 가졌다.

청팀은 2, 3학년을 필두로 한 주전 선수들이 중심을 이뤘다. 그들을 상대하기 위한 백팀은 후보 선수들과 신입생들로 구성되었다.

경기 결과야 뻔한 것이었지만 허세명 감독은 만에 하나 백팀이 이길 경우 최우수 선수 5명에게 올해 주전의 기회를 주겠다고 공헌했다. 그 말에 자극을 받은 백팀은 청팀을 끝까지 물고 늘어졌다.

초반 7 대 0으로 끌려가던 경기를 한 점, 두 점 따라붙더니 막판에는 7 대 7, 동점을 이뤘다. 이 예상치 못한 백팀의 선전에는 4회부터 구원 등판해 마운드를 책임진 신입생 한정훈의 공이 컸다.

동명중학교 에이스 한정훈.
장차 동명고등학교의 마운드를 책임질 기대주.

기대만큼 한정훈의 피칭은 놀라웠다. 중학 야구와 고교 야구의 수준 차이를 감안하더라도 잘만 다듬는다면 당장 올해부터라도 동명고의 전국 제패에 큰 도움이 될 것 같았다.

허세명 감독은 한정훈에게 합격점을 주었다. 5이닝 동안 주전 선수들을 상대로 피안타 3개밖에 허용하지 않았다는 것 자체만으로도 고교 야구에서 통한다는 걸 증명한 셈이나 마찬가지였다.

문제는 자신의 입방정이었다. 너무 뻔한 경기가 될까 봐 동기 부여 차원에서 주전 5명을 이야기했는데 한정훈 한 명 때문에 경기가 7 대 7이 되어버렸기 때문이다.

물론 주전 투수들이 제 몫을 해내지 못한 탓도 있었다. 투수 점검 차원에서 1, 2, 3선발을 돌렸는데 1선발을 제외하고는 형편없었다. 특히나 3선발은 2이닝 동안 8안타를 얻어맞고 4실점을 했다.

게다가 애당초 청팀 투수를 3명으로 제한했기 때문에 더 이상 교체할 투수조차 없는 상황이었다.

분위기상 백팀의 상승세. 이대로 놔두면 백팀이 이길 가능성이 높았다.

그래서 허세명 감독은 꾀를 짜냈다. 백팀 선수들에게는 미안한 일이지만 올 한 해를 책임질 청팀이 지도록 둘 순 없었다.

"이대로 백팀이 이기면 큰일인데. 저 녀석들은 생각이 있는 거야 없는 거야."

허세명 감독은 백팀의 마스크를 쓰고 있던 박경철에게 들으라는 듯 중얼거렸다. 포수 자원이 부족해 백팀의 마스크를 쓰고 있지만 팀의 주전 포수인 박경철이 허세명의 속내를 이해 못할 리 없었다.

"감독님, 저만 믿으십시오."

8회까지 완벽에 가까운 피칭을 선보이던 한정훈은 9회 연달아 4안타를 맞고 1실점했다. 패스트볼의 구위가 떨어진 탓도 있지만 박경철이 은연중에 코스를 알려준 덕분에 신입생의 패기에 눌리던 주전 팀의 방망이가 다시 살아난 것이다.

결국 그 경기는 8 대 7.

케네디 스코어로 끝나 버렸다.

백팀 패전 투수는 한정훈.

6이닝 1실점을 했지만 3이닝 7실점을 한 선발을 대신해 패전의 멍에를 짊어졌다.

허세명 감독은 한정훈에게도 이번 경기가 약이 됐을 것이라 여겼다. 하지만 한정훈은 실점 이후로 단단히 화가 난 상태였다. 박경철의 볼 배합이 갑자기 바뀌면서 연속 안타를 얻어맞았는데 그걸 눈치채지 못할 만큼 한정훈은 미련하지 않았다.

"왜 그랬습니까?"

"뭐?"

"왜 그랬냐고요."

경기가 끝나기가 무섭게 한정훈은 박경철에게 따졌다. 선배들이 나서서 만류하지 않았다면 박경철의 멱살이라도 잡아 뜯을 태세였다.

지은 죄가 있는 허세명 감독은 이번 한 번만 불문에 붙인다며 한정훈을 가볍게 나무랐다. 한정훈도 생각이 있다면 감독인 자신의 뜻을 이해해 줄 것이라 여겼다.

그러나 한정훈의 태도는 어제도 오늘 아침도 달라지지 않았다. 그걸 애써 못 본 체했는데 이제는 대놓고 자신의 권위에 도전하고 있었다. 겁도 없이 주전 줄에 섰다는 것. 그건 자신의 실력은 주전이라는 항변이나 마찬가지였다.

'저놈을 그냥!'

무표정한 얼굴로 뒷줄에 선 한정훈을 바라보며 허세명 감독이 눈매를 일그러뜨렸다. 본래 한정훈이 고분고분한 성격이 아니라는 건 잘 알고 있었다. 투수라면 그 정도 성깔은 있어야 한다며 오히려 좋게 보려 노력했다.

하지만 그것도 정도가 있는 법이다. 일개 선수가 감독 무서운 줄 모른다면 그걸 알게 해주는 수밖에 없었다.

"한정훈, 넌 당분간 경기 뛸 생각 하지 마."

허세명 감독이 모두가 들으라는 듯 크게 소리쳤다. 신입생이긴 하지만 실력 있는 한정훈을 제4선발로 활용하려고 했는데 인성이 글러먹었다. 아무리 성적이 중요하다고 해도 저런 녀석을 마운드에 올리고 싶지 않았다.

그러나 정작 한정훈은 대수롭지 않게 고개를 끄덕거렸다. 꿈인지 뭔지 모르는 이 상황 자체만으로도 한정훈은 충분히 심란한 상황이었다. 거기에 허세명 감독이 굳이 보태줄 필요는 없었다.

게다가 어차피 자신의 고교 야구가 꽃을 피우는 건 새로운 감독이 부임한 2학년 때부터다. 허세명 감독이 뭐라고 하던 간에 머잖아 잘릴 감독의 말에 일일이 반응하고 싶지 않았다.

'그나저나 여긴 어디야?'

허세명 감독의 시선을 피해 한정훈은 천천히 주변을 살폈다. 분명 상대 팀 학교의 운동장에 내린 것 같은데 어떤 학교인지 기억이 가물가물했다.

왠지 낯이 익었지만 또다시 보면 낯설었다. 정말로 이곳에서 뭔가를 한 게 맞나 싶을 정도였다.

'날씨가 쌀쌀한 걸 보니까 아직 봄인가? 하긴. 봄이면 어때. 어차피 꿈인데.'

잠시 고개를 갸웃거리던 한정훈이 이내 쓴웃음을 지었다. 허세명 감독과의 관계가 썩 좋진 않았지만 다른 선수들 앞에서 저렇게 대놓고 출전 금지 경고를 받은 적은 없었다.

역시나 꿈이겠지.

한정훈은 고개를 숙인 채 애꿎은 땅바닥만 파댔다. 빨리 이 지긋지긋한 꿈이 끝나길 바라며.

그렇게 얼마가 지났을까. 허세명 감독의 연설이 끝나고 선수들이 움직이기 시작했다.

"야, 인마. 그만 좀 사고 쳐라."

한정훈의 옆으로 새까맣게 얼굴을 태운 소년이 다가와 물었다.

김선인.

한정훈과 함께 동명중학교를 이끌었던 동기였다.

"너도 있었냐."

한정훈이 피식 웃었다. 껄끄러웠던 박경철과 허세명 감독을 보다 동기인 김선인을 만나니 반가운 마음이 들었다.

"야, 그래도 올 봄에 2㎝나 컸거든?"

김선인이 까치발을 들며 말했다. 한정훈의 말을 키가 작다고 놀리는 소리로 알아들은 모양이었다.

"포기해, 인마."

한정훈의 웃음이 짙어졌다. 김선인은 아직 성장판이 닫혀 있지 않았다고 말하지만 기억하기로 그의 키는 지금이 최대치였다.

그래도 작은 키를 이용해 내야수로서 발군의 수비 실력을 선보여 프로에서도 제법 이름을 날렸으니 그만하면 억울할 게 없었다.

"포기는 개뿔. 조만간 널 따라잡아 줄 테니 기대해라. 암튼 빨리 가자. 배고파 뒈지겠다."

김선인이 한정훈을 끌고 식당으로 향했다. 식당 안에는 먼저 온 선배들이 자리를 차지하고 앉아 식사에 열중하고 있었다.

"난 생각 없다."

한정훈이 팔을 잡아 뺐다. 꿈인데 밥은 무슨. 게다가 술로 배를 가득 채운 탓에 공복감조차 느껴지지 않았다.

하지만 김선인은 한정훈을 억지로 의자에 끌어 앉혔다. 그리고 한정훈의 몫까지 대신해 식판 가득 밥을 퍼왔다.

"됐다니까."

"되긴 뭐가 돼? 감독님이 아까 한 말 때문에 그래?"

"아냐. 그런 거."

"아니면 얼른 먹어. 여기서 니가 이러고 있으면 우리 신입생들은 뭐가 되냐?"

김선인이 한정훈의 손에 젓가락을 쥐어주었다. 솔직히 말을 하진 않았지만 백팀 선수들도 허세명 감독과 박경철이 짜고 청팀을 이기게 만들었다는 사실을 눈치채고 있었다.

그러나 누구 하나 한정훈처럼 나서진 못했다. 한정훈이야 동명중학교의 에이스로 이름을 날렸지만 다른 신입생들은 그 정도까진 아니었다. 그래서 다들 소리를 죽이고 한정훈을 응원하는 상황이었다.

"힘 내, 인마."

김선인은 한정훈이 이대로 꺾이지 않길 바랐다. 한정훈이 기가 눌려 제 목소리를 내지 못한다면 신입생들에게도 기회가 찾아오지 않을 게 뻔했다.

하지만 한정훈은 정말 아무렇지도 않았다. 솔직히 그는 지금이 언제인지 이틀 전에 무슨 일이 있었는지조차도 기억하지 못하고 있었다.

"하아. 알았다. 알았어."

한정훈이 마지못해 수저를 들었다. 꿈속에서 밥을 먹는 것처럼 의미 없는 짓은 없을 것 같았지만 그렇다고 오랜만에 본 친구의 쓸데없이 집요한 간청을 외면하기도 쉽지 않았다.

'이게 무슨 맛이 난다고.'

한정훈은 한 수저 크게 밥을 떠서 입안으로 우겨 넣었다. 그러고는 씹지도 않고 그냥 삼켜 버렸다. 어차피 꿈일 테니까. 그 안이한 생각으로 말이다.

그런데…….

"……!"

순간 숨이 턱 하고 막히더니 하늘이 노래지기 시작했다.

"저, 정훈아!"

김선인이 다급히 한정훈의 등을 때렸다. 그것만으로 부족하자 한정훈을 뒤에서 힘껏 끌어안았다.

"커억!"

한정훈의 입에서 떡이 진 밥 뭉텅이가 터져 나왔다.

"허억. 허억."

겨우 기도가 열린 한정훈이 거칠게 숨을 몰아쉬었다. 하마터면 죽을 뻔해서인지 심장도 요란스럽게 널을 뛰어댔다.

"너 미쳤냐?"

김선인도 벌게진 얼굴로 소리쳤다. 하마터면 코앞에서 친구의 송장을 치를 뻔했으니 놀라고 화가 나는 게 당연했다.

하지만 그 무엇도 한정훈보다 놀랄 수는 없었다.

'뭐, 뭐야 이거?'

쿵쾅. 쿵쾅.

미친 듯이 두근대는 심장박동을 느끼며 한정훈은 등골이 쭈뼛 섰다.

이건 꿈이 아니다.

이건…… 꿈이 아니다.

"그, 그렇다면……?"

한정훈은 다급히 식당 밖으로 뛰쳐나갔다. 그리고 재빨리 선수단 버스의 짐칸을 뒤져 자신의 가방을 꺼냈다.

"아니야, 그럴 리 없어."

한정훈은 떨리는 마음으로 가방을 열었다. 그러다 가장 먼저 눈에 들어오는 글러브를 살피고는 그대로 엉덩방아를 찧고 말았다.

4

전국 중학 야구 대회 우수 투수상 한정훈.

"허……. 진짜네."

글러브 안쪽에 수놓은 깨알 같은 글씨를 확인한 한정훈의 심정은 복잡하기만 했다.

한정훈의 재학 시절 동명중학교 야구부는 지역 리그에서는 1, 2위를 다투는 강호였다.

그러나 전국 단위 대회만 나가면 번번이 예선 탈락을 했다. 한정훈이 에이스로서 활약해 주었지만 그를 받쳐 줄 만한 투수가 없었기 때문이다.

한정훈은 할 수만 있다면 전 경기에 등판하고 싶었다. 그러나 아직 무르익지 않은 투수를 혹사시켜서는 안 된다는 대회 규정 때문에 팀의 예선 탈락을 번번이 지켜볼 수밖에 없었다.

그렇게 전국 대회에 대한 미련을 반쯤 접을 무렵 2학년 선발 자원들이 뒤늦게 성장해 주었다. 그리고 중학 시절 마지막일지 모를 전국 대회에서 동명중학교는 오랜만에 8강까지 진출할 수 있었다.

그 대회에서 한정훈은 3게임에 등판해 3승과 평균 자책점 1.50을 기록했다.

비록 동명중학교는 한정훈이 던지지 못한 4강에서 패배했지만 한정훈의 기록만큼은 높이 평가받았다. 그래서 4강 진출 중학교 투수들을 제치고 우수 투수상과 이 글러브를 부상으로 받을 수 있었다.

한정훈은 이 글러브를 보물 1호라 부르며 아꼈다. 이제 막

고등학생이 되는 아마추어 선수가 사용하기에 과할 만큼 품질도 좋았지만 그것보다도 황금색으로 수를 놓은 게 마음에 쏙 들었다.

전국 중학 야구 대회 우수 투수상.

최우수 투수상이나 최우수 선수였다면 더 좋았겠지만 한정훈은 충분히 만족했다. 전국 대회에 참가했던, 지역을 대표하는 32개의 팀들의 투수를 다 더하면 100명이 훌쩍 넘는다. 우수 투수라면 그들 중에서 첫손에 꼽히는 실력을 갖췄다는 의미일 터. 그 자체만으로도 전국적인 스타가 된 기분이었다.

하지만 한정훈은 프로에 데뷔한 지 얼마 되지 않아 이 상징적인 글러브를 분실하고 말았다. 몇몇 신인 선수와 함께 살던 오피스텔에 도둑이 들면서 글러브도 감쪽같이 사라져 버린 것이다.

그런데 영영 찾지 못할 것이라 여겼던 그 글러브가 가방 안에서 튀어 나왔다. 그것도 그 시절, 너무나 소중해서 제대로 길들이지도 못했던 상태로 말이다.

'내가 정말 과거로 돌아 온 거야?'

글러브를 내려다보며 한정훈은 마른침을 꿀꺽 삼켰다. 이게 어떻게 된 것인지는 모르겠지만 만약에 정말로 과거로 돌아온 것이라면? 동명 고등학교 1학년 한정훈으로 다시 새 인생을 살게 된 것이라면.

"허허……."

한정훈은 헛웃음이 났다. 이걸 기뻐해야 할지 슬퍼해야 할지 아직까지 갈피가 잡히질 않았다.

그때였다.

"정훈아! 여기서 뭐 해!"

등 뒤에서 김선인의 목소리가 들렸다. 식사 중에 갑자기 사라진 한정훈이 구단 버스 앞에 쪼그리고 앉아 있으니 걱정이 되어 온 모양이었다.

조금 전이었다면 한정훈은 대수롭지 않게 굴었을 것이다. 어차피 이 모든 건 꿈일 것이라고 여기며 말이다.

하지만 어쩌면 과거로 되돌아왔을지 모른다는 의심이 확신으로 접어드는 지금은 달랐다.

"선인아, 여기가 어디냐?"

한정훈이 고개를 돌려 김선인을 바라봤다. 그러자 김선인이 손을 뻗어 한정훈의 이마를 짚었다.

"너 어디 아프냐?"

"이 손 치우고. 여기가 어디냐고?"

"어디긴 어디야. 동승고잖아."

"동승…… 고?"

김선인의 손을 뿌리치며 한정훈은 빠르게 기억을 되짚었다.

동승고등학교 야구부는 메이저리거 류현신을 배출한 인천

의 강호였다.

한정훈의 고등학교 재학 시절 동명고등학교는 공식 경기에서 동승고등학교를 상대한 적이 없었다. 동명고등학교가 선전할 때면 동승고등학교가 조기 탈락을 하고 반대로 동승고등학교가 본선에 오르면 동명고등학교가 불의의 일격을 당하는 경우가 반복됐기 때문이다.

그러나 비공식적으로 동명고등학교가 가장 많이 상대한 팀이 바로 동승고등학교였다. 지리적으로 멀지 않으면서 실력이 비슷하고 거기다 이름까지 유사하다는 점 때문에 양측 이사장들끼리 친해진 덕분이었다.

'날씨를 보아하니 아직 봄인 거 같고. 그럼 학기 초에 있었던 신입생 신고식 경기인가?'

한정훈은 어렵지 않게 과거로 돌아 온 시점을 유추해 냈다.

학기 초가 되면 전국의 모든 고교 야구부는 새 판짜기에 들어간다. 졸업생들 신할 후보 선수들의 기량을 향상시키고, 다시 신입생들 중에서 후보 선수를 키워내야 하기 때문이다.

그중에서도 신입생들의 기량 파악은 무척이나 중요했다. 될 녀석은 빨리 후보 선수로 키우고 기량이 부족한 녀석들은 기본기부터 다시 훈련을 시켜야 했다. 그리고 신입생들의 기량을 파악하는 데 있어 경기만큼 좋은 건 없었다.

물론 각 학교마다 자체 청백전을 돌리긴 하지만 그것만으로는 한계가 있었다. 경기라고 해도 그 안에 선후배 관계가 개입해 버리면 제 실력을 내기 어려운 경우가 많았다.

그래서 동명고등학교와 동승고등학교는 한 해의 첫 번째 연습 경기를 신입생 신고식으로 정해 버렸다. 이제 막 3학년이 된 주전급 선수들의 부담을 줄여 주면서 신입생들의 실력을 함께 파악하겠다는 복안이었다.

'아마 나도 이 경기에 출전했었지?'

한정훈은 기억을 빠르게 더듬어 나갔다. 신입생 신고식인 탓에 한정훈도 분명 경기에 출전을 했다.

하지만 투수가 아닌 대주자로 나섰다. 그다음에는 타석에 서지도 못하고 우익수 수비를 보다가 경기가 끝나 버렸다.

'그때 왜 대주자로 나간 거지?'

잠시 미간을 찌푸리던 한정훈의 머릿속에 누군가가 스쳐 지났다.

박경철.

덩달아 박경철을 들이받았던 청백전까지 떠올랐다.

"우리 청백전이 언제였지?"

한정훈이 다시 김선인을 바라봤다. 그러자 김선인이 무겁게 한숨을 내쉬었다.

"너 인마…… 왜 그래."

"그냥 묻는 말에 대답 좀 해주면 안 되냐?"

"하아. 진짜 너 어디 아픈 거 아냐?"

"시끄럽고. 언제냐고."

"언제긴 언제야. 엊그제지."

"엊그제?"

날짜를 가늠하던 한정훈이 이내 고개를 끄덕거렸다. 박경철을 들이받은 지 고작 이틀밖에 지나지 않았는데 허세명 감독이 자신을 투수로 써 줄 리가 없었다.

'아, 그래. 이제 생각났다. 그때 출전 안 했던 신입생이 나뿐이라서 마지못해 경기 후반에 내보낸 거였지.'

한정훈이 쓴웃음을 흘렸다. 그러다 갑자기 입꼬리를 실룩거렸다.

허세명 감독은 일종의 경고 차원에서 한정훈을 대주자로 내보냈다. 자신의 말을 듣지 않으면 졸업하기 전까진 마운드에 오를 수 없을 것이라는 날선 경고. 하지만 정작 한정훈은 독기를 품고 결승타 때 홈 플레이트를 밟아버렸다.

그러자 감독은 보란 듯이 한정훈을 대주자로 활용하기 시작했다. 선수단 내에 한정훈보다 발 빠른 야수들이 남아도는데도 말이다.

내색하지 않았지만 투수로서 마운드에 오를 수 없다는 사실에 한정훈은 분하고 억울해했다. 제대로 잠을 이루지 못해 학기 초에만 5kg 가까이 살이 빠져 버렸다.

하지만 그렇다고 청백전처럼 허세명 감독에게 항명을 하지는 못했다. 오히려 허세명 감독의 눈에 다시 들어보겠다고 대주자도 마다하지 않고 뛰었다. 저 잘난 맛에 설쳐 댔지만 결국은 권력 앞에 굴복하고 만 것이다.

뒤늦게 떠오른 1학년 시절의 비화가 입안을 쓰게 만들었다. 만약 한정훈이 조금 더 어렸다면 지우고 싶은 흑역사였다며 몸부림을 쳤을 것이다.

그러나 한정훈은 이내 그 흑역사마저 끌어안았다.

'하긴, 이제 막 중학교를 졸업한 애가 뭘 어쨌겠어.'

까맣게 잊고 살 만큼 고등학교 1학년 시절이 끔찍하긴 했지만 그 위기를 잘 버티지 못했다면 프로 선수 한정훈도 없었을 것이다. 어떻게든 야구가 하고 싶은데 고교 야구의 절대 권력자라는 감독의 눈 밖에 나 버렸으니 선택의 여지 자체가 없었을 것이다. 오히려 그렇게라도 살아남은 게 다행스러운 일이었다.

"후우……."

한정훈의 입에서 무거운 한숨이 흘러 나왔다. 하필이면 1학년 시절이냐라고 투덜거렸는데 어쩌면 그 시절 꼬여 버린 인과관계를 풀라는 하늘의 뜻일지도 몰랐다.

'아니지. 아니야. 그랬다면 청백전 이전으로 돌아갔어야지.'

한정훈이 속으로 고개를 흔들었다. 과거로 돌아온 게 청백전 이전이었다면 그 경기에서 박경철이 수작을 부렸더라도 눈을 질끈 감고 넘어갈 수 있었다. 하지만 이미 청백전은 치러졌고 비몽사몽간에 허세명 감독의 눈 밖에 난 상황이었다.

'그럼 뭐야? 왜 이 시점인 거야?'

한정훈은 답답했다. 그만큼 짜증도 났다. 자신을 과거로 돌려보내 준 당사자가 나타나서 '이러이러하니 이해하거라'라고 말이라도 해준다면 그나마 나을 텐데. 이건 자고 일어나 눈 떠 보니 무인도에 떨어진 기분이었다.

'대체 여기서 나더러 뭘 어쩌라고!'

한정훈이 신경질적으로 하늘을 올려다봤다. 왠지 저 위에 있는 누군가가 심심한 나머지 이런 말도 안 되는 일을 벌인 것만 같았다.

그런 한정훈이 확실히 이상해 보였을까.

"안 되겠다. 너 나랑 병원 가자."

김선인이 한정훈의 팔을 끌었다. 만약 저 멀리서 집합 소리가 들리지 않았다면 한정훈은 과거로 돌아오기가 무섭게 정신과 치료부터 받아야 했을 것이다.

5

"오늘 시합은 신입생들에게 기회를 많이 줄 것이다. 그러니까 신입생들도 정신 바짝 차리고 언제든 경기에 나갈 수 있는 준비를 하도록. 알겠나?"

허세명 감독의 주문에 신입생들의 입에서 요란스러운 대답이 터져 나왔다. 인천까지 와서 선배들의 잔심부름이나 하다 돌아갈 줄 알았는데 경기에 출전할 수 있다니. 신입생들의 입이 귀에 걸리는 것도 무리는 아니었다.

하지만 한정훈은 그러려니 했다. 말이 그렇다는 거지 허세명 감독이 신입생들의 바람처럼 주전급 선수들을 한두 회만 뛰게 하고 교체시킬 리 없었다.

야구 경기에서 후보 선수들이 주전 선수들을 대신해 나설 수 있는 경우의 수는 크게 세 가지다.

일단은 점수 차이가 크게 나는 경우다. 크게 이기고 있거나 반대로 크게 지고 있는 경우, 팽팽하던 승부의 추가 한쪽으로 완전히 기울어버리면 아무래도 경기 집중력이 떨어질 수밖에 없었다.

집중력이 떨어지면 크고 작은 부상이 찾아올 가능성이 높았다. 그래서 코칭스태프는 주전 선수 보호를 핑계 삼아 후보 선수들을 대거 투입하는 경우가 잦았다. 주전 선수들에게는 휴식을, 후보 선수들에게는 기회를 줄 수 있으니 그야말로 일거양득인 셈이었다.

그다음으로 주전 선수가 기대에 못 미치는 플레이를 했을 경우다. 작전 실패, 수비 실책, 주루 실책 등등 코칭스태프를 실망시키면 주전이라 하더라도 그만큼 교체될 가능성이 높았다.

마지막은 주전 선수의 갑작스런 부상이 생긴 경우다. 주전으로 완전히 자리를 잡았다 하더라도 부상이 심각한 수준이라면 경기에서 빠질 수밖에 없었다.

하지만 한정훈이 기억하기로 오늘 펼쳐질 경기에서 신입 선수들이 허세명 감독의 눈도장을 받는 일은 없었다.

일단 동명고등학교와 동승고등학교의 실력은 엇비슷한 수준이었다. 특별한 일이 없는 한 어느 한쪽이 대량 득점으로 경기를 끌고 갈 가능성은 적었다.

오늘 경기도 마찬가지였다. 점수까지 기억나진 않지만 분명 후반까지 팽팽한 줄다리기가 이어졌다. 만약 8회 이후로 신입 선수들을 테스트하자는 양 팀 감독의 암묵적인 합의가 없었다면 신입 선수들에게 기회조차 가지 않을 경기였다.

또한 경기 중에 큰 부상을 당한 주전 선수도 없었다. 실책은 더러 나왔지만 후보 선수와 교체할 정도도 아니었다. 아직 학년 초이고 연습 경기다 보니 어지간한 실수는 그냥 넘어가 버렸다.

오늘 경기에서 투수들은 잘해야 원 포인트 릴리프. 야수들은 대수비나 대주자 역할이 전부였다. 그러나 그 사실을 꿈에도 모르는 신입생들은 프로 데뷔라도 하는 것처럼 한껏 들떠 있었다.

"후우, 이거 잘하면 오늘이 비공식 데뷔전이 되겠는데?"

"5회부터 몸 좀 풀어야 할까?"

대부분의 신입생은 허세명 감독의 말을 곧이곧대로 받아들였다. 그것은 김선인도 마찬가지. 주 포지션인 2루에 호타준족인 강한우가 버티고 있는데도 마치 경기에 나갈 것처럼 글러브 손질을 시작했다.

"넌 뭐 하냐?"

한정훈이 한심스럽다는 눈으로 김선인을 바라봤다. 기억하기로 김선인도 9회 말 대수비로 출전한 게 전부였다. 게다가 경기 끝날 때 까지 공 한 번 잡아보지 못했다. 그런데 벌써부터 글러브 손질이라니. 허파에 바람이 들어도 단단히 든 것 같았다.

그러자 김선인이 씩 웃으며 말했다.

"너도 인마 미리 준비나 해. 연습 경기인데 감독님이 선배들 고생시키겠냐? 한 5회쯤 되면 우리들한테도 기회를 주시겠지. 안 그래?"

김선인의 말은 제법 그럴듯했다. 동승고등학교가 동명고등학교보다 두 수, 아니, 세 수 아래의 팀이라면 충분히 일어날 수 있는 가정이었다.

하지만 동승고등학교는 그리 호락호락한 팀이 아니었다. 기억대로라면 오늘 마지막에 승리하는 팀도 동승고등학교였다.

"준비는 무슨. 아까 감독님이 하는 말 못 들었냐?"

"에이, 그냥 너 군기 잡으려고 하신 말씀이시겠지."

"여기가 군대냐. 군기를 잡게. 암튼 나는 됐으니까 너나 열심히 준비해라."

한정훈은 경기에 상관없는 사람처럼 굴었다. 그런 한정훈을 힐끗 쳐다보던 허세명 감독도 이내 이맛살을 찌푸리고는 홱 하고 고개를 돌려 버렸다.

6

"후우……."

수비를 위해 운동장으로 뛰어나가는 주전 선수들을 바라보며 한정훈이 무겁게 한숨을 내쉬었다.

선발 출장하는 모습이 단순히 부러워서가 아니었다. 과거로 돌아왔다는 현실을 어느 정도 받아들이긴 했지만 아직도 머릿속이 복잡한 탓이었다.

대체 왜 이 시점인가에 대한 불만은 잊었다. 그보다는 앞으로 어떻게 해야 하는지에 대한 고민이 컸다.

모든 걸 다시 시작할 수 있는 과거로 돌아왔다는 건 한정훈에게 분명 좋은 기회가 될 수 있었다. 하지만 돌이켜 보면 한정훈의 선수 생활도 그렇게까지 형편없었던 건 아니었다. 소위 레전드라 불리며 대한민국 야구계 역사에 한 획을 긋지는 못했지만 커리어만 놓고 보자면 고만고만한 선수들에게 무시받지 않을 정도였다. 그리고 아마추어도 아닌 프로에서 그 정도 성적을 거두는 건 결코 쉬운 일이 아니었다.

　게다가 한정훈은 아직 과거로 돌아온 이점(利點)을 찾지 못했다. 단순히 젊어지고 어려진 거? 좋다. 하지만 덕분에 그간 쌓아놨던 커리어도 사라지고 돈도, 차도 사라졌다. 그걸 처음부터 다시 시작해야 한다는 사실만으로도 절로 한숨이 흘러 나왔다.

　한정훈은 불현듯 프로 시절에 즐겼던 게임을 떠올렸다. 팬이라는 운영 팀장 덕분에 베타 테스트에 참여할 수 있게 됐는데 테스트 종료 후 신경질이 나서 게임을 접어버렸다. 애써 키워놓은 게임 캐릭터가 다시 레벨 1로 돌아갔을 때의 기분이란 아마 겪어보지 않은 사람은 모를 터였다.

　한정훈은 왠지 지금 자신의 모습이 베타 테스트 종료로 인해 초기화된 게임 캐릭터 같다는 생각이 들었다. 모든 걸 할 수 있는 가능성을 되찾았지만 그건 어디까지나 가능성에 불과했다. 가능성을 현실로 만들기 위한 과정은 결코 녹록한

게 아니었다.

물론 게임에서 사람들이 베타 테스트를 하는 이유는 따로 있었다. 게임을 남들보다 먼저 접하면서 경험을 쌓을 수 있다는 일반적인 이유 이외에도 베타테스터들에게는 협력 차원에서 소정의 보상이 주어지기 때문이다.

한정훈은 어쩌면 고등학교 1학년 시절로 돌아온 자신에게도 뭔가 소정의 보상 같은 게 생겼을지도 모른다고 기대했다. 물론 다시 젊어졌으니 예전보다 더 열심히 운동하면 더 높은 수준에 도달할 수는 있을 것이다. 하지만 고작 그것뿐이라면 솔직히 예전보다 더 좋은 프로 선수가 될 자신은 없었다. 지난 삶에서도 놀고먹으며 선수 생활을 한 건 결코 아니었다.

'일단은…… 이 경기를 보고 결정하자.'

한정훈은 쉽게 생각하기로 마음먹었다. 정말 하늘이 자신에게 더 좋은 선수가 될 기회를 준 것이라면? 아마 오늘 경기에서 예전과는 다른 변화가 있을 것이다. 그렇지 않고서야 하필 이 시점으로 되돌아 올 리는 없을 테니까 말이다.

그러나 오늘 경기가 예전과 다름없이 지나가 버린다면 그때는 정말 머리를 싸매고 고민하고 또 고민해야 할 것 같았다. 이 험난한 1학년 시절을 어떻게 하면 지난번보다 더 잘 버틸 수 있을지에 대해서 말이다.

까아앙!

한정훈의 상념을 깨듯 알루미늄 배트의 앙칼진 울음이 터져 나왔다.

"……!"

반사적으로 커진 한정훈의 두 눈으로 내야를 빠져나가는 타구가 스쳐 지났다.

"나이스 배팅!"

동시에 동명고등학교 간이 더그아웃에서 박수가 터져 나왔다. 잠깐 상념에 빠져 있는 사이에 누군가 안타를 치고 루상에 나간 모양이었다.

"누구냐?"

한정훈이 김선인을 바라보며 물었다. 그러자 김선인이 경기에 집중하라며 옆구리를 쿡 찔렀다.

"형빈 선배잖아."

"누구? 아……. 공형빈?"

"야 인마, 목소리 낮춰! 누가 들으면 어쩌려고 그래?"

김선인이 주변을 두리번거리며 호들갑을 떨어댔다. 하지만 정작 한정훈은 대수롭지 않은 얼굴로 1루 쪽을 바라봤다.

동명고등학교 3학년 공형빈.

타격 센스도 좋지만 도루 실력도 발군인 리드오프형 타자로 기억되어 있었다.

작년까지만 해도 3학년 주전에 밀려 9번을 치던 공형빈은 선배들이 줄줄이 졸업한 틈을 타 올해 초부터 1번 타순에 배치되었다. 그 때문일까. 경기 시작과 동시에 경쾌한 안타를 때려내고 루상에 나가 있었다.

"진짜 형빈 선배는 대단하지 않냐?"

김선인이 감탄하듯 중얼거렸다. 김선인만큼은 아니지만 비교적 단신에 공수주 3박자를 두루 갖춘 공형빈은 김선인의 롤모델이나 마찬가지였다.

"형빈 선배, 뛰겠지?"

"그럼, 주력은 우리 학교 최고잖아?"

"클린업도 짱짱하니까 벌써 한 점 뽑은 거네."

"이러다 콜드 게임으로 끝나는 거 아냐?"

동명고등학교 더그아웃이 들썩거렸다. 발 빠른 공형빈이 2루를 훔치고 2번 타자가 최소 진루타를 만든 다음 3, 4번에서 가볍게 안타만 쳐줘도 선취점을 얻을 수 있었다.

하지만 야구가 생각대로 되는 건 결코 아니었다.

"죽을걸."

한정훈이 혼잣말처럼 중얼거렸다. 그 순간, 도루 타이밍을 노리던 공형빈이 2루로 내달렸다.

"뛴다!"

김선인이 자리에서 벌떡 일어났다. 여느 때처럼 포수의 송구가 도착하기도 전에 멋지게 2루를 훔치는 공형빈의 모습을 기대하며.

그러나 정작 공형빈은 2루에서 태그아웃 되었다. 그것도 제법 넉넉한 차이로 말이다.

"뭐, 뭐야?"

"뭐가 어떻게 된 거야?"

동명고등학교 더그아웃은 충격에 휩싸였다. 발 빠른 공형빈이 2루 베이스 근처에 가지도 못하고 죽어버리다니. 두 눈으로 보고도 좀처럼 믿기 어려웠다.

그것은 공형빈도 마찬가지였다. 잠시 멍하니 포수를 바라보더니 고개를 흔들고는 더그아웃으로 몸을 돌렸다.

"저, 저게 말이 돼?"

김선인이 세상이 무너진 것처럼 자리에 털썩 주저앉았다. 그러나 한정훈은 별로 놀랍지 않았다.

오늘 경기에서 공형빈은 3번의 도루를 시도해 모두 실패하고 만다. 그것도 전부 넉넉한 타이밍에 말이다.

허세명 감독에게 찍혔던 한정훈이 대주자로 들어갔던 것도 공형빈이 네 번째 타석에서 볼넷을 골라 나갔기 때문이다. 또다시 뛰다 죽을지 모른다는 판단 때문에 허세명 감독은 공형빈을 빼고 한정훈을 집어넣었다. 그리고 그 찬스에서 한정훈은 결승 득점을 올렸다.

'내가 대주자로 출전하려면 형빈 선배가 계속 죽어줘야 하니까.'

한정훈은 무심하게 공형빈을 반겼다. 다들 아깝다, 아쉬웠다 위로를 해줬지만 그런 입에 발린 위로는 해주고 싶지 않았다.

공형빈의 발이 빠른 건 사실이지만 그렇다고 바람의 아들 이준범이나 슈퍼 소닉 이대혁 정도는 아니었다. 게다가 투수의 타이밍을 뺏을 생각은 않고 제 발만 믿고 뛰는 부류는 프로에서 살아남기 어려웠다.

'근데 형빈 선배도 프로 생활을 했던가?'

한정훈이 고개를 갸웃거렸다. 그러고 보니 프로에 와서는 공형빈의 이름을 들은 기억이 없었다. 그러자 옆에 앉아 있던 김선인이 기다렸다는 듯이 말을 붙였다.

"그렇지? 너도 이상하지?"

"뭐가 또?"

"야, 이상하잖아. 형빈 선배가 저렇게 쉽게 죽을 정도냐?"

"그냥 컨디션이 별로였나 보지."

"아니라니까. 어제 나랑 훈련했을 땐 멀쩡했다고."

"그럼 뭐? 사인이라도 읽혔다 이거냐?"

한정훈이 쓸데없는 소리 말라며 중얼거렸다. 그러다 문득, 그럴지도 모른다는 생각이 들었다.

'참, 그리고 보니 형빈 선배. 3학년 때 1번이 아니라 2번을 쳤었지?'

한정훈이 또다시 기억의 편린 하나를 건져 냈다. 1번 타자 공형빈. 뭔가 입에 붙지 않는다 생각했는데 타순이 문제였다.

한정훈의 기억 속에 공형빈은 1번 타자가 아니라 2번 타자였다. 그리고 1번 타자는…… 저쪽에서 실실 웃고 있는 황보연이었다.

"황보 선배가 왜 1번이 아니지?"

한정훈이 이상하다는 듯 중얼거렸다. 그러자 김선인이 도끼눈을 뜨고 한정훈을 노려봤다.

"뭔 말 같지도 않는 소리야?"

"……뭐?"

"형빈 선배가 있는데 왜 황보연, 저 인간이 1번이어야 하는데? 타격도 주루도 형빈 선배가 훨씬 나은데 대체 왜?"

김선인이 공형빈의 대변인이라도 되는 것처럼 쏘아댔다. 마치 한정훈을 허세명 감독이라고 착각이라도 하는 것처럼 말이다.

덕분에 한정훈은 잊고 있었던 또 하나의 사실을 깨달았다.

황보연의 별명.

바로 허세명 감독의 양아들이었다.

"그렇지. 형빈 선배가 황보 선배보단 낫지."

한정훈의 시선이 김선인을 지나 황보연에게 향했다. 아니나 다를까. 1번 타자가 객사했는데 황보연과 허세명 감독은 뭐가 그리 좋은지 시시덕거리기 바빴다.

단순히 실력만 놓고 보자면 황보연은 공형빈을 이길 수 없었다. 타격 센스도, 주루도 떨어졌다. 심지어 황보연은 우타자인 반면 공형빈은 좌타자였다. 같은 주력을 가졌다고 가정했을 때 좌타자가 우타자보다 1루에 빨리 도달할 수 있다는 건 야구초심자도 아는 상식이었다.

그러나 한정훈의 기억 속에 1번 타자는 황보연이었다. 그리고 그 사실을 한정훈은 단 한 번도 이상하게 여기지 않았다.

어째서였을까.

'하아, 시팔.'

한정훈은 어렵지 않게 답을 찾았다. 자신이 대주자로 경기장에 들어설 때마다 고개를 푹 숙이며 물러났던 누군가. 그 누군가가 바로 공형빈이었다.

'와, 이건 또 뭐냐?'

한정훈은 순간 울컥 하고 감정이 치솟았다. 허세명 감독의 억압과 핍박 속에서도 꿋꿋하게 1학년 시절을 버틴 줄로만 알았는데 그게 아니었다. 황보연 1번 타자 만들기를 위한 허세명 감독의 계략에 철저하게 이용당한 모양이었다.

'내 저 인간을 진짜……!'

마음 같아선 당장에라도 허세명 감독의 멱살을 잡아 비틀고 싶었다. 모두가 있는 앞에서 허세명 감독의 비리를 줄줄 읊어대며 그를 감독직에서 끌어내리고 싶었다.

하지만 그랬다간 한정훈의 고등학교 야구도 함께 끝나고 말 것이다. 허세명 감독 하나 잡자고 기껏 찾아 온 기회를 내찰 수는 없는 노릇이었다.

"후우……."

한정훈이 길게 숨을 골랐다. 그리고 속으로 머리는 차갑게라는 말을 주문처럼 중얼거렸다.

정확하게는 심장은 뜨겁게, 머리는 차갑게라는 말이었다. 하지만 한정훈의 심장은 늘 뜨거웠다. 아니, 살아 있는 인간치고 심장이 뜨겁지 않은 자는 없었다. 그래서 한정훈은 주문을 반 토막 내어 사용했다. 머리는 차갑게. 그렇게 몇 번 중얼거리자 거짓말처럼 흥분이 가라앉았다.

한정훈은 냉정하게 상황을 살폈다. 허세명 감독이 양아들 황보연을 밀어주기 위해 의도적으로 공형빈을 괴롭혔을 가능성은 충분했다. 하지만 그건 어디까지나 추측일 뿐이었다. 지금 이 시점에서 그 모든 걸 밝힌다는 건 불가능에 가까운 일이었다.

그렇다고 이대로 공형빈이 망가지는 걸 두고 볼 수는 없었다. 설사 대주자로 나가지 못한다 하더라도 이건 아니었다.

한정훈이 슬며시 몸을 일으켰다. 그러자 뭔가를 쑥덕거리던 허세명 감독과 황보연이 언제 그랬냐는 듯 거리를 벌렸다.

그러나 한정훈의 시선은 그들을 지나 뒤쪽에서 고개를 떨구고 있는 공형빈에게 향했다.

"형빈 선배, 스파이크 끈 풀렸어요."

한정훈이 공형빈에게 다가가 말했다. 그냥 한 말이 아니라 스파이크 끈이 다소 느슨하게 묶여 있었다. 지금은 아니더라도 다음번에 또다시 도루를 한다면 풀릴지도 몰랐다.

"어, 그래. 고맙다."

공형빈이 쓴웃음을 지으며 스파이크 끈을 잡아 당겼다. 자연스럽게 공형빈의 상체가 앞으로 구부러졌다.

바로 그 순간,

"선배, 지금부터 제가 하는 이야기 잘 들으세요."

허세명 감독에게 등을 돌린 채로 한정훈이 빠르게 입술을 움직였다.

3장
나비효과

1

스코어는 0 대 0.

3회 초 동명고등학교의 공격.

1사 후에 공형빈이 타석에 들어섰다. 그리고 방망이를 짧게 움켜쥐었다.

마운드에 선 투수가 글러브를 추켜들었다. 공형빈도 그 리듬에 맞춰 허리를 비틀었다.

휘이잇!

바깥쪽 코스로 밋밋한 패스트볼이 들어왔다. 마치 치라고 던져 주는 것 같은 느낌에 잠시 망설였지만 공형빈은 방망이를 휘둘렀다.

까아앙.

밀어 친 타구가 3루와 유격수 사이로 흘렀다. 3루수가 기민하게 움직였다면 어렵지 않게 포구할 수 있는 상황. 하지만 3루수는 잠시 멍이라도 때렸는지 옆을 스치는 타구를 보기만 했다. 그사이 수비 범위가 넓은 유격수가 악착같이 달려와 공을 건져 냈다.

하지만 거기까지. 발 빠른 공형빈은 이미 1루에 안착한 뒤였다.

"후우."

공형빈은 천천히 숨을 골랐다. 첫 타석도 그랬지만 이번 타석도 어째 안타를 만들어준 것 같은 기분이 들었다.

"여, 잘 치는데?"

1루수가 지나가듯 한마디 내던졌지만 공형빈은 웃지 않았다. 그의 머릿속은 온통 조금 전 후배 녀석이 했던 말로 가득차 있었다.

"선배, 아무래도 도루 사인이 노출된 거 같아요. 그러니까 역으로 뛰어 봐요."

도루 실패 후 더그아웃 분위기는 썰렁했다. 2번 타자가 진루타성 땅볼을 때리고 3번 타자가 2루타, 4번 타자가 볼넷으로 출루를 했지만 득점에 성공하지 못한 탓이다.

처음에는 그럴 수도 있다며 위로를 하던 선수들도 1회 초 공격이 끝나자 다들 아쉬움을 감추지 못했다. 공형빈이 죽지만 않았다면. 아니, 애당초 뛰지 않았다면. 3번 타자의 안타 때 여유롭게 득점에 성공했을지 몰랐다.

공형빈은 득점에 실패한 게 모두 자신의 잘못 같았다. 컨디션은 분명 좋았는데 갑자기 몸에 이상이 생긴 것은 아닐까 불안한 마음마저 들었다.

그런데 이제 막 야구부에 들어온 후배 녀석의 한마디가 공형빈을 좌절의 늪에서 끄집어 올렸다.

어쩌면 남들과는 다른 녀석만의 위로 방식일지도 몰랐다. 하지만 공형빈은 한정훈의 말을 믿고 싶었다. 다시 자신의 다리를 믿고 달리고 싶었다.

공형빈의 복잡한 시선이 더그아웃을 향했다. 그러자 허세명 감독이 기다렸다는 듯이 도루 사인을 냈다. 그것도 다음 타자의 초구에 말이다.

공형빈은 헬멧을 매만지며 사인을 받았다고 대답했다. 그리고 도루를 할 것처럼 한 걸음, 다시 한 걸음 리드 폭을 넓혔다.

마운드에 선 투수가 힐끔 뒤를 돌아봤다. 하지만 그것도 잠시. 공형빈 따위는 신경 쓰지 않겠다는 듯 포수를 향해 힘껏 공을 내던졌다.

파앗!

바깥쪽에 엉덩이를 빼고 앉은 포수가 공을 받기가 무섭게 몸을 일으켰다. 하지만 1회처럼 시원시원한 송구를 날리지는 못했다.

"……!"

놀랍게도 공형빈은 1루에 있었다. 마치 배터리의 호흡에 기라도 질린 얼굴로 말이다.

'하긴. 1회에 뛰다 죽었으니까.'

포수는 그러려니 하고 투수에게 공을 던졌다. 투수도 대수롭지 않다는 표정을 지었다.

어차피 도루 사인은 노출되었다. 아니, 노출해 주었다.

수비하는 입장에서 주자가 언제 뛸지 알고 있다면 잡을 가능성은 그만큼 높아진다. 투수는 머뭇거림 없이 타자가 치지 못하는 코스로 빠른 공을 던지고, 포수는 미리 자세를 잡고 있다가 포구와 동시에 2루에 뿌리면 되는 것이다.

그건 일종의 피치아웃이나 마찬가지였다. 프로 선수들이라면 작전에 걸린 주자를 살리기 위해 바깥쪽으로 빠지는 공을 어떻게든 걷어내겠지만 아마추어 선수들에게는 무리였다. 그래서 포수도 굳이 몸을 일으키거나 배터 박스(Batter's

Box) 밖으로 빠지지 않았다. 타이밍만 맞는다면 공형빈이 아니라 그보다 더 빠른 주자도 잡을 수 있기 때문이었다.

'2구에 또 도루 사인을 내진 않겠지.'

홈 플레이트 뒤에 주저앉으며 포수가 1루 쪽을 힐끔 거렸다. 아니나 다를까. 1루수가 오른쪽으로 글러브를 까닥거렸다. 동명고 벤치에서 도루 사인이 나오지 않았다는 의미다.

"좋아! 좋아! 다시 가자!"

포수가 일부러 큰소리로 기합을 넣었다. 그러면서 정작 투수에게는 안쪽을 파고드는 커브를 요구했다.

빠지긴 했지만 초구가 빠른 공이었으니 이번에는 느린공을 보여 주는 게 효과적이었다. 게다가 도루 사인도 없다. 지금이야말로 새로 익힌 커브를 던질 절호의 타이밍이었다.

투수도 군말 없이 포수의 사인을 받았다. 그리고 예의상 공형빈을 슬쩍 쳐다보고는 와인드업 자세에 들어갔다. 그런데……!

타다다닷!

두려움에 뛰지 못한 것이라 여겼던 공형빈이 2루를 향해 내달리기 시작했다.

'이런 제길!'

당황한 투수의 어깨에 힘이 들어갔다. 그로 인해 계획되었던 모든 게 바뀌어 버렸다.

휘이잇!

투수의 손끝을 빠져나간 공이 홈 플레이트 앞에서 떨어졌다. 그리고 공형빈에 잠시 정신이 팔린 포수는 홈 플레이트를 맞고 오른쪽으로 휘어진 공을 블로킹하지 못했다.

"뛰어! 뛰어!"

공이 포수 뒤로 빠지자 2루에 거의 다 도착했던 공형빈이 지체 없이 3루까지 내달렸다. 뒤늦게 포수가 공을 찾았을 때는 이미 3루수가 루를 벗어나 두 손을 들어 올린 상태였다.

"뭐야, 시팔."

포수의 입에서 절로 욕지거리가 터져 나왔다. 분명 도루 사인이 없었는데 공형빈이 제멋대로 뛰어버렸다. 덕분에 공을 빠뜨리는 실수까지 범했다.

물론 이번 실책의 주원인은 투수에게 있었다. 제대로 된 자세로 던져도 10개 중에 6개밖에 코스에 넣지 못하는데 서두르다 보니 공을 제대로 채지 못했다. 만약 투수가 제대로만 커브를 구사했다면 도루 저지는 어렵더라도 알을 까진 않았을 것이다.

하지만 투수도 할 말은 많았다. 포수에게서 도루가 없다는 사인을 받았는데 주자가 뛰고 말았다. 이렇게 되면 포수의 사인을 더 이상 신뢰하기가 어려웠다.

잠시 허탈한 표정을 짓고 있던 투수의 시선이 포수가 아니라 더그아웃으로 향했다. 정확하게는 동승고등학교 김종찬 감독을 바라봤다.

그러자 포수도 이에 질세라 더그아웃 쪽으로 고개를 돌렸다.

'감독님, 이제 어떻게 해요?'

말은 하지 않았지만 투수와 포수 모두 같은 말을 하고 있었다.

"당했군."

김종찬 감독이 쓴웃음을 지었다. 허세명 감독이 새 배터리의 성장을 돕겠다며 도루 사인을 알려줬을 때부터 알아봤어야 했는데. 이런 식으로 뒤통수를 맞을 줄은 미처 생각지도 못했다.

그렇다고 이제 와서 허세명 감독에게 가서 따질 수도 없는 노릇이었다. 아무리 연습 경기라고 하지만 이건 엄연히 승부 조작이었다. 이 사실이 외부에 알려져서 좋을 건 하나 없었다.

"타임!"

김종찬 감독은 타임을 걸고 포수를 불렀다. 그리고 포수에게 간략한 지시를 내렸다.

"아무래도 사인 유출을 눈치채고 사인을 역으로 가는 모양이다. 그러니까 반대로 행동해라."

"아, 네. 알겠습니다."

포수가 그제야 이해했다는 표정을 지었다. 그리고 마운드 위에 올라가 투수를 달랬다.

하지만 그것만으로 위기 상황이 해결되는 건 아니었다.

까강.

2번 타자 박건호가 위기에 몰린 투수의 초구를 받아쳐 3유간(3루수와 유격수 사이)을 꿰뚫었다. 주자가 2루에 있었다면 쉽게 홈으로 들어오기 어려웠겠지만 애석하게도 공형빈은 3루를 밟고 있었다.

공형빈은 공이 내야를 빠져나간 걸 확인한 다음에 천천히 뛰어 홈으로 들어왔다.

스코어 1 대 0.

한정훈의 기억에 없던 선취 득점이 만들어졌다.

2

동명고등학교의 기회는 여기서 끝나지 않았다.

공형빈의 갑작스런 도루에 미안함을 느낀 허세명 감독이 1루에 나간 박건호에게 도루 사인을 냈다. 박건호의 주력이 공형빈만 못하니 동승고등학교 배터리도 어렵지 않게 잡아 낼 것이라고 계산한 것이다.

그런데 정작 동승고등학교는 허세명 감독의 사인을 역으로 읽어버렸다. 도루가 없으니 포수는 다시 커브를 주문했다. 위기 상황이 아니면 커브를 최대한 활용하라는 김종찬 감독의 사전 지시 때문이었다.

덕분에 박건호는 넉넉하게 2루로 들어갔다. 포수가 송구를 하려 했지만 이번에도 커브가 코스를 벗어나는 바람에 제대로 포구하는 것조차 쉽지 않았다.

당황한 투수와 포수는 이번에도 김종찬 감독을 쳐다봤다. 그러나 김종찬 감독도 당혹스럽긴 마찬가지였다.

'1루수가 사인을 잘못 읽은 건가? 아니면 뭐 퐁당 퐁당으로 사인을 바꾸기라도 하는 건가?'

김종찬 감독은 슬슬 약이 올랐다. 이쯤 하면 사인 훔치기는 포기하고 실력으로 승부해야 했지만 이런 농락을 당하고 그냥 넘어갈 수는 없는 노릇이었다.

'사인을 원래대로 바꿨으니까 이번에는 역으로 가겠지.'

김종찬 감독은 신경 쓰지 말라는 사인을 냈다. 투수와 포수는 마지못해 고개를 끄덕였다. 그사이 3번 장성민이 요란스럽게 배트를 휘두르고는 타석에 들어왔다.

'올해 동승고 놈들 수준이 왜 저래? 이래서 전국 대회 나

가겠어?'

살짝 이맛살을 찌푸리던 허세명 감독이 고심 끝에 히트 앤
런(Hit and Run) 사인을 냈다. 힘 하나만큼은 탈고교 수준이지
만 맞추는 능력이 떨어지는 장성민이 자신 없다는 표정을 지
었지만 허세명 감독의 결정은 달라지지 않았다.

'2루 주자에 도루 사인이 났고. 저건 뭐지? 치고 달리긴가?'

허세명 감독의 사인을 바라보던 1루수가 포수에게 사인을
일러주었다. 그러나 포수는 이번에도 사인을 뒤집었다.

치고 달리기라면 주자를 견제하며 타자가 치기 어려운 코
스에 공을 던지는 게 최선이었다. 하지만 사인이 그 반대라
면?

'자, 안쪽으로. 속구.'

포수가 타자 안쪽으로 미트를 움직였다. 이번 이닝에 주로
바깥쪽 승부만 해왔으니 3번 타자를 잡기 위해서라도 몸 쪽
에 하나쯤 붙여 줄 필요가 있었다.

포수의 사인을 읽은 투수의 눈빛이 살짝 흔들렸다. 몸 쪽
빠른 공은 프로 투수들도 자신 없어 하는 코스다.

"후우……."

크게 심호흡을 한 뒤에 투수는 마지못해 투수판을 밟았다.
그리고 있는 힘껏 공을 내던졌다.

후아앗!

동승고등학교에서 밀어주는 기대주답게 투수의 공은 빨랐다. 그러나 코스가 나빴다. 안쪽으로 파고들어야 할 공이 한가운데로 들어왔다. 그것도 살짝 높은.

장성민이 배탈이 나서 사흘 밤낮을 설사하더라도 홈런으로 때려낼 자신이 있다던 바로 그 코스로 말이다.

까아앙!

장성민이 시원스럽게 방망이를 돌렸다. 그리고 타구는 쭉쭉 뻗어 간이 펜스를 넘겨 버렸다.

투런 홈런.

"크아아아!"

장성민이 포효하며 그라운드를 돌았다. 프로였다면 다음 번 타석에 빈볼을 맞을 각오를 해야 했지만 이건 고교 야구 연습 시합이었다. 장성민이 지금보다 더 큰 환호성을 내지르더라도 쉽게 빈볼을 던질 수 없었다.

아니, 이 한 방으로 동승고등학교는 기가 꺾여 버렸다. 특히나 마운드 위에 선 투수는 반쯤 넋이 나가 보였다.

앞선 2이닝을 2피안타 1볼넷으로 잘 막았는데 3회에는 아웃 카운트 하나 잡지 못하고 3피안타에 3실점을 하고 말았다. 거기에 도루만 2개를 허용했으니 프로 선수라 하더라도 태연함을 유지하기 어려운 상황이었다.

'투수 바꿔야 할 것 같은데요.'

포수가 무겁게 한숨을 내쉬며 김종찬 감독을 바라봤다. 그러나 김종찬 감독은 고개를 흔들었다.

허세명 감독은 동승고의 새로운 에이스의 기를 살려 주겠다며 선심 쓰듯 사인을 일러주었다. 그 말은 지금 투수를 내리면 사인이 완전히 바뀔 것이란 소리였다.

'내가 어떻게든 알아내고 만다.'

속으로 빠득 이를 갈면서도 김종찬 감독은 신경 쓰지 말라고 주문했다. 그 고집스런 결정 덕분에 동명고등학교는 득점 기회를 이어갈 수 있었다.

까아앙.

팀의 4번 타자답게 최민혁은 투수의 2구를 받아쳐 2루타를 만들어냈다.

5번 타자 조인기는 볼넷. 제구력이 흔들린 투수는 단 한 개의 공도 스트라이크 존에 집어넣지 못했다.

6번 타자이자 허세명 감독의 양아들 황보연은 타석에서 욕심을 부렸다. 1번 타자 경쟁자인 공형빈이 연속 안타에 이어 선취 득점까지 올렸다. 그렇다면 자신도 타석에서 뭔가 보여 줘야 했다.

그러나 야속하게도 위기에 몰린 동승고 배터리는 황보연

에게 좋은 공을 주지 않았다.

바깥쪽 홈 플레이트를 걸치는 속구가 연달아 들어오면서 볼카운트는 0-2. 타자가 절대적으로 불리한 상황에서 투수는 바깥쪽으로 휘어져 나가는 커브를 던졌다. 그리고 황보연은 그 볼을 무리하게 끌어 당겼다.

까각.

배트의 끝에 맞은 타구가 힘없이 3루수 앞으로 흘렀다. 공을 잡은 3루수의 선택은 2루, 그리고 다시 1루로.

깔끔한 5-4-3 더블 플레이가 만들어졌다.

"젠장할!"

간발의 차이로 1루에서 아웃된 황보연이 욕지거리를 내뱉었다. 그와 동시에 허세명 감독의 입에서도 탄식이 터져 나왔다.

"으이그, 저 멍청한 놈."

죽으려면 혼자 죽을 것이지 병살을 칠게 뭐란 말인가.

미간을 찌푸리던 허세명 감독이 배터 박스로 들어가는 7번 타자 김인수를 향했다. 수비는 좋지만 타격은 어중간한 김인수가 차라리 이번 이닝을 끝내 주길 바랐다. 그런데…….

까강!

김인수가 투수의 초구를 받아쳐 좌중간에 떨어지는 깨끗한 안타를 만들어내 버렸다.

3루 주자가 득점하면서 스코어는 4-0. 초반이라고는 하지만 승부의 추가 기울기 시작했다.

'이거 경기가 왜 이렇게 된 거야?'

허세명 감독은 속이 탔다. 그가 원했던 결과는 이런 게 아니었다.

본래 계획대로라면 양 팀 주전급 선수들이 7회까지 팽팽한 경기를 이어가야 했다. 후보 선수와 신입생들을 투입하는 건 8회 이후부터였다.

하지만 이대로 점수를 뽑아 대다간 동승고등학교에서 먼저 백기를 들지 몰랐다.

"경철아, 살살 하자."

허세명 감독이 박경철을 붙잡고 말했다. 현재 동명고등학교는 박경철을 대신할 만한 포수 자원이 없는 상태였다. 따라서 박경철의 타격이 신통찮다고 해도 그를 경기에서 뺄 수가 없었다.

"알겠습니다."

허세명 감독의 말뜻을 이해한 박경철은 시원하게 선풍기질을 해댔다. 3구 삼진. 그렇게 길고도 길었던 동명고의 3회초가 끝났다.

"후우……. 이거 김 감독 볼 낯이 없구만."

허세명 감독은 김종찬 감독이 신경 쓰였다. 자신이 먼저 사인 유출을 하겠다고 제안해 놓고 경기를 리드하고 있으니 꼭 사기를 친 기분이었다.

"이번 회에 동승에서도 한두 점 정도 내줬으면 좋겠는데."

허세명 감독이 혼자만의 바람을 중얼거렸다. 점수가 뒤집히는 것까지는 원치 않지만 한 점이나 두 점 정도 동승고등학교에서 따라붙어 준다면 다시 계획대로 경기를 끌고 나갈 수 있을 것 같았다.

그러나 팀의 4득점을 등에 업은 선발투수 조찬수는 세 타자를 깔끔하게 막고 마운드에서 내려왔다. 그리고 이어진 4회 초, 동승고등학교는 9번 타자와 1번 타자의 연속 안타와 2번 타자의 볼넷으로 만든 무사 만루 찬스를 3번 타자와 4번 타자가 깔끔하게 쓸어 담으면서 점수를 여덟 점 차로 벌렸다.

까강!

뒤이어 타석에 들어선 5번 타자 조인기도 풀카운트 승부 끝에 중전 안타를 때렸다. 2루타를 치고 나간 4번 최민혁은 정신없이 홈까지 내달렸다. 그러나 동승고등학교의 깔끔한 중계 플레이에 막혀 홈에서 아웃 되고 말았다.

1사 1루 상황. 타석에는 6번 황보연이 섰다.

"이번엔 꼭 친다!"

황보연은 이를 빠득 갈았다. 자신과 박경철만 빼고 모든 주전이 출루를 한 상황이었다. 이번 타석에서도 뭔가를 보여 주지 못한다면 허세명 감독을 볼 면목이 없었다.

그러나 급한 불을 끄기 위해 구원 등판한 동승고등학교의 두 번째 투수는 140㎞/h가 넘는 강속구를 내던지며 황보연을 압박했다.

볼카운트 1-2. 타자가 불리한 상황에서 투수는 결정구인 바깥쪽으로 빠지는 슬라이더를 던졌다.

까각.

황보연이 다급히 배트를 휘둘렀지만 방망이 끝에 걸린 공은 2루수 정면으로 굴러갔다. 그리고 다시 이어진 4-6-3의 더블 플레이.

"이런 시파아아알!"

프로에서도 보기 드문 연타석 병살타가 만들어졌다.

3

"하아……."

허세명 감독은 그저 한숨이 났다. 4회에 8점 차 리드. 주전 선수들의 맹활약. 동명고등학교 감독으로서 웃음이 터져야 정상인 결과였다.

하지만 도저히 웃음이 나질 않았다. 경기가 예상했던 것과

정반대로 흐르고 있었다. 무엇보다 황보연의 부진이 마음에 걸렸다.

오늘 경기에서 허세명 감독은 공형빈을 1번에서 끌어 내릴 생각이었다. 타격 능력만큼은 손에 꼽히는 공형빈의 출루를 막기란 어려운 노릇. 그래서 그의 발을 붙들기로 마음을 먹은 것이다.

하지만 공형빈은 3타수 3안타 2득점으로 날아다녔다. 도루도 2개나 기록했다.

1회 때는 계획대로 도루에 실패했지만 3회와 4회에는 연속으로 2루를 훔쳤다. 3회 중 2회 성공. 도루 성공률 66.7%.

이 정도면 1번 타자로서 최고의 결과였다. 감히 1회 때의 도루 실패를 나무랄 수 없을 만큼 말이다.

반면 전폭적으로 밀어주기로 한 황보연의 성적은 최악이었다. 3타수 무안타에 병살만 2개. 이래서는 약속대로 황보연을 1번으로 올릴 수가 없었다. 황보연의 집에서 더 많은 걸 가져다준다 하더라도 말이다.

'제발 조금만 더 끌고 갑시다.'

허세명 감독의 애타는 시선이 동승고등학교 더그아웃으로 향했다. 점수 차가 크긴 했지만 동승고등학교에서 조금 더 악착같이 나서 주길 바랐다.

공형빈 죽이기는 포기하더라도 황보연에게 만회할 기회는

주고 싶었다. 그러나 김종찬 감독은 더 이상 허세명 감독의 장단대로 맞춰 줄 생각이 없었다.

"3학년들은 고생 많았다. 다음 회 공격부터 1, 2학년들이 대신 뛴다."

점수 차이가 커지자 김종찬 감독은 어렵사리 마음을 비웠다. 상대 감독에게 속은 게 화가 났지만 그렇다고 정식 경기도 아닌 연습 경기에서 8점 차의 점수를 쫓아가겠다며 주전 선수들을 닦달할 수는 없는 노릇이었다.

"동승! 동승! 동승!"

한데 모여 구호를 외친 선수들이 우르르 그라운드로 뛰어나왔다. 그 모습을 유심히 지켜보던 허세명 감독이 질근 입술을 깨물었다.

경기장으로 나온 건 주전과 후보 선수들이었다. 이런 상황에서 허세명 감독 혼자만 주전을 고집할 수는 없었다.

허세명 감독은 마지못해 주전 5명을 후보 선수와 교체시켰다. 그리고 잘 던지고 있던 조찬수도 바꿔 주었다.

"공명찬! 딱 2이닝만 막아라."

조찬수를 대신해 허세명 감독은 2학년 선발 자원인 공명찬을 호출했다. 점수 차이가 벌어지면서 천천히 몸을 풀고 있었던 공명찬은 기다렸다는 듯이 마운드 위에 올랐다.

'명찬 선배라. 이거 경기가 점점 흥미로워지는데?'

한정훈의 입가를 타고 묘한 웃음이 번졌다. 3학년 선발이 셋이나 되는데 곧바로 4선발이나 마찬가지인 공명찬을 올렸다. 그렇다는 건 오늘 경기에서 3학년 2선발과 3선발의 등판은 없다는 의미였다.

게다가 허세명 감독은 공명찬에게 2이닝을 책임져 줄 것을 주문했다. 공명찬의 컨디션이 좋을 경우 한두 이닝 더 마운드에서 버틸 수도 있겠지만 연습 경기임을 감안하면 최대 7회다. 그다음에는 어쩔 수 없이 신입생 투수를 마운드에 올려야만 했다.

동명고등학교 야구부에 입학한 10명의 신입생 중 투수가 가능한 자원은 세 명뿐이었다. 그중 박승민은 중학 야구 시절 가끔 마운드에 오른 경험이 있을 뿐 원래는 야수였다. 경기 중에 모든 투수를 소진했다면 또 모르겠지만 오늘 같은 경기에 내보낼 필요는 없었다.

그렇다면 남은 건 홍영철과 한정훈뿐이다.

'영철이 녀석이야 1이닝을 막는 것도 버거울 테고. 그럼 정말 나한테까지 기회가 오려나?'

한정훈은 괜히 가슴이 두근거렸다. 기억에도 없던 공형빈의 득점이 나오면서부터 경기 결과는 완전히 달라져 있었다. 이 상황에서 허세명 감독이 자신을 공형빈의 대주자로 쓸 것 같진 않았다.

아니나 다를까.

"영철이하고 정훈이. 너희도 몸 풀고 있으란다."

주장인 최민혁이 다가와 허세명 감독의 말을 전했다.

"아, 네."

한정훈이 애써 심드렁한 얼굴로 자리에서 일어났다. 그러나 그의 심장은 한국 시리즈에 마무리투수로 등판이라도 한 것처럼 요란스럽게 뛰고 있었다.

4

고고 야구의 강호답게 동승고등학교의 운동장 한편에는 간이 불펜이 마련되어 있었다.

"와, 내가 고등학교에 와서도 이 짓을 해야 하다니."

김선인이 미트를 고쳐 잡으며 투덜거렸다. 기대했던 교체 출전을 경쟁 상대인 2학년 강한우에게 빼앗긴 것으로도 모자라 불펜 포수로 불려나왔으니 기분이 좋을 리 없었다.

그러나 전통적으로 포수 자원이 부족한 동명고등학교 사정상 어쩔 수 없는 상황이었다.

현재 동명고등학교 야구부에 등록된 포수는 3명.

3학년인 박경철과 2학년 조인식, 그리고 신입생 이만호가 전부였다.

그중 박경철은 경기에 투입되어 있었고 그의 백업을 담당해야 할 조인식은 발목 부상 중이었다. 게다가 백업 포수는 언제라도 경기에 출전할 수 있게 준비를 해야 하기 때문에 불펜에서 볼을 받기 어려웠다.

결국 남은 건 이만호뿐이지만 녀석도 중학교 동기인 홍영철의 공을 받고 있었다. 그래서 어쩔 수 없이 김선인이 선택됐다. 주 포지션이 2루이긴 하지만 내야 멀티 수비가 가능하고 포수 마스크도 써 본 경험이 있었기 때문이다.

"젠장. 이러다 포수로 주저앉히는 거 아닌가 몰라."

김선인이 투덜거리며 옆쪽을 바라봤다. 자신보다 한발 앞서 온 홍영철과 이만호는 연습 투구가 한창이었다.

파삿!

홍영철의 밋밋한 속구가 이만호의 미트에 꽂혔다. 소리는 형편없었지만 이만호는 나이스 볼을 연발하며 홍영철의 기를 살려주었다.

"나이스 볼은 개뿔."

김선인은 코웃음을 쳤다. 얼핏 봐도 120㎞/h대 초반의 공으로 고교 야구에서 버티기란 무리였다.

"나이스 볼이라면 이 정도는 던져 줘야지."

김선인의 시선이 한정훈에게 향했다. 한정훈의 빠른 공을 멋들어지게 잡아내서 홍영철과 이만호의 기를 꺾어줄 생각이었다.

하지만…….

"뭐야, 저 시키."

한정훈은 한참이 지나도록 스트레칭만 하고 있었다.

"야! 몸 풀다 경기 끝낼래?"

참다못한 김선인이 간이 마운드로 달려와 빽 하고 소리를
내질렀다. 그제야 한정훈은 자신이 프로 선수 시절처럼 몸을
풀었다는 사실을 깨달았다.

"좀 뻐근해서 그래, 인마."

한정훈이 멋쩍게 웃으며 김선인의 가슴을 툭 쳤다. 어차
피 등판은 홍영철 다음일 테니 천천히 예열을 해도 상관은
없었다.

"아무튼 저놈들 깜짝 놀라게 속구 하나 던져 봐라."

김선인이 포수처럼 한정훈에게 공을 주문했다. 그래 놓고
선 정작 보호구 하나 착용하지 않고 홈 플레이트 뒤편에 주
저앉았다.

"저 녀석, 다치면 어쩌려고."

한정훈은 다시 김선인에게 다가가 보호 장구를 착용하라
고 말했다. 그러나 되돌아온 김선인의 반응은…….

"왜? 또 그 변화구 시험해 보려고?"

"뭐?"

"야, 또 그 말도 안 되는 똥뿔은 경철 선배한테나 던져."

"그게 아니라……."

"아이고. 네 공 맞는다고 안 죽어요. 그러니까 잔말 말고 공이나 던지세요."

김선인이 쓸데없는 소리 말라며 손을 휘저었다. 바로 며칠 전에도 한정훈의 연습 투구를 받았는데 이제 와서 새삼스럽게 보호 장구라니. 더그아웃에서 챙겨오지도 않았지만 거추장스럽게 입고 싶은 마음도 없었다.

"진짜 확 변화구를 던져?"

마지못해 마운드로 돌아오면서 한정훈이 눈가를 찌푸렸다. 프로에서 익힌 파워 커브라면 김선인을 정신 번쩍 들게 만들어줄 수 있을 것 같았다.

하지만 고등학교 시절 유일한 단짝이나 마찬가지인 김선인을 고자(?)로 만들고 싶진 않았다. 게다가 한정훈은 중학교 시절 대부분을 속구 하나로 버텨 왔다. 어려서 변화구를 익히면 투수 생명이 짧아진다는 감독의 지론 때문이었다.

"그러고 보니 겨울 방학 때부터 체인지업을 익혔지?"

한정훈이 기억을 더듬으며 고개를 끄덕였다. 김선인이 말한 똥뿔이란 아마 미완성된 체인지업을 의미하는 것 같았다.

하지만 그때와 지금은 달랐다. 프로시절 수도 없이 던져 온 체인지업이다. 비록 과거로 돌아왔다 하더라도 얼마든지

스트라이크를 잡을 자신이 있었다.

'아니지. 아니야. 일단 포심부터.'

투수판을 밟으며 한정훈이 그립을 고쳐 잡았다. 기적처럼 과거로 돌아왔으니 첫 투구는 시원시원한 포심 패스트볼을 던지고 싶었다.

'그때 대충 130㎞/h는 넘겼으니까.'

힘껏 왼 다리를 차올린 뒤 한정훈이 빠르게 몸을 앞쪽으로 기울였다.

후아앗!

손끝을 빠져나간 공이 맹렬한 기세로 김선인에게 날아갔다. 그리고 잠시 후.

"으악!"

김선인의 입에서 비명이 터져 나왔다.

4장
이게 뭔 구?

1

"보호구는 뭔 놈의 보호구."

키킹 하는 한정훈을 바라보며 김선인이 코웃음을 쳤다.

고교 입학생 치고 한정훈의 구속이 빠른 편이긴 하지만 그래 봐야 140㎞/h 수준이었다. 게다가 연습 투구인 걸 감안하면 구속은 130㎞/h 초중반일 터. 그 정도는 미트가 아니라 글러브를 끼고도 잡을 자신이 있었다.

후아앗!

한정훈이 던진 공이 파공성을 내며 날아들었지만 김선인은 눈 하나 까딱하지 않았다. 오히려 여유롭게 미트를 들어

올렸다. 대충 이 정도에 떨어지겠지라는 듯이 말이다. 그런
데…….

"……!"

잘 날아들던 공이 갑자기 공이 꿈틀거리더니 미트 위, 김
선인의 이마 쪽으로 날아들었다.

"으악!"

김선인이 비명을 내지르며 뒤로 나자빠졌다. 그 과정에서
미트를 쳐올리지 않았다면 아마 그대로 공에 얻어맞았을 터
였다.

"야! 괜찮아?"

한정훈이 놀란 얼굴로 김선인에게 달려왔다. 그러자 김선
인이 버럭 악을 내질렀다.

"이 새끼야! 너 지금 뭘 던진 거야?"

김선인은 한정훈이 자신을 놀리기 위해 일부러 이상한 공
을 던진 것이라고 여겼다. 그렇지 않고서야 공의 궤적이 이
렇게까지 달라질 리 없었다.

그러나 정작 한정훈은 김선인이 무슨 말을 하는지 이해가
되지 않았다.

"뭘 던지다니? 포심 던지라며."

한정훈은 분명 포심 그립을 잡았다. 물론 공을 던지는 과
정에서 김선인에게 말할 수 없는 몇 가지 문제들이 발생하긴

했지만 분명 손끝을 빠져나간 공은 포심 패스트볼이었다.

하지만 정작 그 공을 받아야 했던 김선인은 믿을 수 없다는 반응이었다.

"포심이라고? 진짜 포심이야?"

"당연하지."

"그럼 한 번 더 던져 봐. 만약에 똑같이 못 던지면 너 각오해!"

김선인이 단단히 으름장을 놓았다. 그러다 뭔가 생각이 난 듯 불펜 밖으로 후다닥 뛰쳐나갔다.

그리고 잠시 후.

"자! 던져!"

예비용 포수 장비를 전부 착용한 김선인 홈 플레이트 뒤에 주저앉았다.

"그러게 진즉 말을 들었으면 좋잖아."

마운드로 돌아간 한정훈이 다시 공을 던졌다. 이번에도 그립은 포심 패스트볼. 그러나 빠르게 날아온 공은 중간 지점에서 살짝 흔들리더니 또다시 미트 위쪽으로 치솟았다.

파밧!

미트를 스친 공이 그대로 포수 마스크를 강타했다. 그 충격이 어찌나 크던지 김선인은 쾅당 엉덩방아를 찧고 말았다.

"와, 시팔. 뭐야?"

힘겹게 몸을 일으킨 김선인이 고개를 절레절레 흔들어 댔다. 한정훈이 무슨 장난을 쳤는지 확인하기 위해 일부러 포수 마스크까지 쓰고 눈을 부릅뜨며 버렸는데 모르겠다. 이 공의 정체가 뭔지 도저히 감이 오질 않았다.

구속이나 회전만 놓고 보면 포심 패스트볼에 가까웠다. 하지만 궤적이 이상했다. 지금까지 받아왔던 포심 패스트볼의 궤적보다 덜 떨어졌다. 그러다 보니 마치 중력을 거스르고 위로 솟구치는 듯한 느낌마저 들었다.

그러나 정작 한정훈은 자신의 공이 어떻게 달라졌는지 제대로 파악하지 못하고 있었다.

"이번에는 또 왜 놓친 거야?"

한정훈이 고개를 갸웃거리며 김선인에게 다가왔다.

내야수이긴 해도 김선인의 포구 능력은 동명중학교 시절부터 정평이 나 있었다. 만약 내야가 강한 동명고등학교가 아니었다면 2학년이 되기 전에 수비만으로 주전을 꿰찰 정도였다.

게다가 김선인은 동체 시력도 좋았다. 단순히 날아드는 공에 글러브를 가져다 대는 게 아니라 그 궤적을 읽을 줄 알았다. 그래서 한정훈도 김선인에게 맘 편히 공을 던진 것이다.

그런데 한 번도 아니고 두 번이나 김선인의 미트가 빗나갔다. 그것도 포구 직전까지 미트가 움직이지 않은 걸 보면 마지막 순간까지 공의 궤적을 제대로 파악하지 못한 모양이었다.

"왜 놓치다니. 그걸 몰라서 물어?"

김선인이 기가 찬다는 표정을 지었다. 이건 아무리 봐도 기존의 포심 패스트볼이 아니었다. 그렇다면 신구종이거나 변형된 패스트볼이라는 의미다. 그런 걸 몰래 익혀 놓고 아무것도 모르는 척 구는 게 꼭 자신을 놀리는 것만 같았다.

하지만 한정훈은 여전히 영문을 모르겠다는 표정이었다.

"야, 솔직히 말해봐. 너 뭘 던진 거야?"

"뭘 던지다니. 아까부터 뭔 소리야?"

"이거 진짜 포심 맞아?"

"그럼 포심이지. 내가 설마 커터라도 던졌겠나?"

"그립을 어떻게 잡은 건데?"

"어떻게 잡긴. 이렇게 잡았지."

한정훈이 바닥에 떨어진 공을 포심 패스트볼 그립으로 잡아 보였다. 선수들마다 약간씩 잡는 위치가 다르긴 했지만 일반적인 포심 패스트볼 그립과 큰 차이가 없었다.

"그러니까…… 아까 던진 게 진짜 포심이라고?"

김선인의 표정이 복잡해졌다. 차라리 새로운 구종을 개발하느라 손장난을 좀 쳤다고 말했다면 욕 한바가지 하고 넘어갔을 테지만 불과 며칠 사이에 포심 패스트볼이 자체 진화라도 한 것이라면 이야기는 달랐다.

조금 전 한정훈이 던진 두 개의 포심 패스트볼은 기존의 포심 패스트볼과는 확실히 달랐다. 본래 던지던 포심 패스트볼이 빠르지만 정직했다면 이번에 던진 공은 빠르면서도 거칠었다. 마치 공이 살아서 꿈틀대는 기분이었다.

수비 센스만큼 타격도 나쁘지 않다고 자부하는 김선인이지만 배터 박스에 서서 이 공을 제대로 맞출 자신은 없었다. 그저 가져다 맞추는 것쯤이야 가능할지 몰라도 그런 식으로 안타를 쳐내긴 힘들었다.

'이 치사한 자식, 분명 혼자만 따로 프로 선수한테 지도를 받은 게 틀림없어.'

김선인은 한정훈의 구질이 달라진 것에 숨겨진 비밀이 있을 것이라고 확신했다. 그래서일까. 자신은 버려두고 저만치 앞서 가려는 한정훈이 얄밉기만 했다.

하지만 속으로 실실거릴 것이라고만 여겼던 한정훈도 나름의 고민에 빠져 있었다.

'투구 폼이 달라져서인가.'

마운드로 돌아가며 한정훈이 가볍게 고개를 흔들어 댔다. 김선인이 자신의 공의 구질을 착각한 게 어쩌면 투구 폼 때문일지도 모른다는 생각이 든 것이다.

고등학교를 졸업할 때까지만 해도 한정훈은 극단적인 오

버핸드에 가까운 투구 폼을 유지했다. 에이스로 활약하던 중학 야구 시절 마운드 위에서 내리꽂는 포심 패스트볼에 매료되면서 자신도 모르게 타점이 점점 높아진 탓이었다.

그러던 게 프로에 들어오면서 투구 폼이 달라졌다. 150㎞/h 중후반의 빠른 공을 던지는 것도 아닌데 불필요하게 타점이 높다는 지적 때문이었다.

수많은 투수 코치들의 조언 속에 하늘 높은 줄 모르고 치솟았던 한정훈의 팔꿈치는 점점 낮아졌다. 타점이 내려올수록 투구 폼도 극단적인 오버핸드에서 일반적인 오버핸드로, 다시 오버핸드와 쓰리쿼터의 중간 지점으로 변했다. 그리고 은퇴가 가까워졌을 때에는 아예 쓰리쿼터 형태의 피칭을 이어갔다.

연습 투구이긴 하지만 한정훈은 대충 던질 생각이 없었다. 당연히 쓰리쿼터 투구 폼으로 던지려 했다. 고교 시절의 투구 폼과는 다를 수 있지만 은퇴 직전의 한정훈이 완성한 투구 폼은 쓰리쿼터였다. 설사 과거로 돌아왔다고 해도 잊어버린 고교 시절의 투구 폼으로 던지는 건 불가능하다고 여겼다.

그런데 막상 공을 던지자 어깨가 귀 위쪽까지 치솟았다. 고교 시절의 극단적인 오버핸드에 가까운 투구 폼이 본능적으로 나와 버린 것이다.

물론 조금 전 고교 시절의 투구 폼을 완벽하게 재현해 냈다고 단언할 수는 없었다. 몸이 기억한 투구 폼에 프로 생활의 습관이 더해지면서 그 자체도 미묘하게 달라져 있었다.

키킹 시 들어 올린 오른발의 높이가 조금 낮아진 대신 스트라이드 폭이 살짝 넓어졌다. 그 과정에서 중심 이동이 좋아졌다. 자연스럽게 릴리스 포인트도 최대한 앞쪽으로 끌어 공을 던질 수 있었다.

그래서 한정훈도 내심 뭔가 달라지기를 기대했다. 그리고 그 변화가 투수라면 누구나 소원하는 구속 상승이기를 바랐다. 모든 걸 버리고 과거로 돌아왔으니 그 정도쯤은 되어야 수지타산이 맞을 것 같았다.

김선인이 연거푸 공을 놓치자 한정훈은 정말로 공의 구속이 올라간 것일지도 모른다고 생각했다. 하지만 김선인은 공이 이상해졌다며 구시렁거렸다. 그 이상해졌다는 말 속에 공이 빨라졌다는 느낌은 들어 있지 않았다.

'쳇, 좋다 말았네.'

한정훈이 다시 마운드 위에 올랐다. 그리고 천천히 와인드업을 한 뒤에 포심 패스트볼을 던졌다.

후아앗!

빠르게 날아간 포심 패스트볼이 김선인의 미트 쪽으로 향했다. 하지만,

타다닥!

공은 또다시 김선인의 미트를 때리고 밖으로 튕겨져 나갔다.

'저 녀석, 컨디션이 별로인가?'

한정훈은 가볍게 글러브를 들어 올렸다. 포수가 아닌 김선인에게 모든 공을 완벽하게 포구하라고 주문하기란 어려운 일이었다.

하지만 이후로도 김선인이 계속 포구에 실패하자 한정훈도 슬슬 약이 올랐다.

"야, 제대로 안 잡냐?"

한정훈이 짜증스럽게 소리쳤다. 자신이 160㎞/h의 불같은 강속구를 던지는 것도 아닌데 매번 공을 튕겨 내다니. 꼭 불펜 포수가 하기 싫어 떼를 쓰는 것처럼 보였다.

그러나 김선인도 할 말은 많았다.

"그러니까 왜 자꾸 이상한 공을 던지고 난리야?"

"아까부터 대체 뭔 소리를 하는 거야?"

"하, 됐다. 말을 말자."

김선인이 보란 듯이 고개를 흔들어 댔다. 그러고는 혼잣말처럼 중얼거렸다. 포수 마스크에 가려 보이진 않았지만 왠지 욕을 하는 것 같았다.

"저 자식이?"

흥분한 한정훈이 곧장 마운드를 내려왔다. 그러자 옆쪽에서 조용히 지켜보던 포수 이만호가 한정훈 쪽으로 달려왔다.

"정훈아! 정훈아, 참아."

"참긴 뭘 참아."

"선인이가 일부러 안 받은 건 아닐 거야. 그럴 거면 뭐 하러 포수 장비 다 차고 앉아 있겠어?"

"하아……."

한정훈이 뜨거운 한숨을 내쉬었다. 자신 때문에 김선인이 고생하는 걸 모르지는 않지만 이런 식이면 불펜 피칭에 아무런 도움이 되지 않았다.

"이제부터 내가 받아줄 테니까 마운드로 가 있어."

이만호가 씩 웃으며 한정훈의 어깨를 두드렸다. 한정훈도 크게 숨을 고르고는 마운드로 몸을 돌렸다.

이만호는 다시 김선인에게 다가갔다.

"선인아, 힘들지?"

"야, 시팔. 말도 마라. 저 새끼 일부러 이상한 공을 던져서는……."

"알지, 알아. 포수 하는 게 어디 쉬운 일이겠냐? 너나 되니까 이 정도나 버티는 거지."

"하아, 진짜."

"이제부터는 내가 받을 테니까 좀 쉬어. 무리하다가 나중에 경기에 지장 있으면 안 되잖아?"

"그럼 영철이는?"

"응? 몰랐어? 영철이 아까 불펜 나갔는데?"

"뭐? 벌써?"

"민혁 선배가 조용히 부르셨어. 아무래도 명찬 선배가 좀 고전하는 모양이야."

"그럼 정훈이 녀석도 빨리 몸 풀어야 하잖아? 알았어. 이제부터는 네가 좀 받아라."

김선인이 군말 없이 홈 플레이트를 양보했다. 2학년인 공명찬이 무너졌는데 홍영철이라고 오래 버틸 것 같지 않았다. 그렇다면 한정훈이 최대한 빨리 몸을 풀어야 했다.

"여긴 나한테 맡기고 너도 가서 몸 풀어. 아마 금방 출전할 테니까."

김선인을 더그아웃으로 돌려보낸 뒤 이만호가 포수 자리에 앉았다. 그리고 한정훈에게 준비가 됐다는 신호를 보냈다.

한정훈도 고개를 한 번 끄덕인 뒤 포심 패스트볼 그립을 잡았다.

와인드업. 키킹. 스트라이드. 릴리스.

과거로 돌아온 투구 폼은 여전히 어색했지만 한정훈의 손끝을 튕기듯 빠져나간 공은 빠르게 홈 플레이트를 향해 날아들었다.

'뜬다.'

호흡을 멈추고 한정훈의 투구를 지켜보던 이만호가 재빨리 무릎을 들어 올렸다. 그러면서 미트를 가슴 쪽으로 당기듯 움직였다.

파아앙!

미트 속으로 빨려든 공이 요란스럽게도 울렸다.

"와우, 진짜 나이스 볼이다."

이만호가 감탄하듯 소리쳤다. 김선인이 포구할 때 옆에서 지켜보지 않았다면 쉽게 잡지 못했을 만큼 한정훈의 공은 박력이 넘쳤다.

"나이스 캐치."

한정훈도 씩 웃었다.

'그래, 바로 이거지. 이게 불펜 포수지.'

김선인이 옆에 있었다면 한마디 해주고 싶을 정도였다.

경기에 출전하는 모든 투수는 마운드에 오르기 전에 불펜에서 몸을 푼다. 선발투수라 해서 예외는 없다. 전쟁을 앞둔 장수처럼 불펜 피칭을 통해 공을 가다듬고 마음을 가라앉히며 투지를 불태운다. 그 예열 과정이 제대로 끝나야만 투수도 별 탈 없이 마운드에 설 수 있었다.

그리고 그런 투수의 기를 살려 주고 기분을 맞춰 주는 게 바로 불펜 포수의 역할이었다. 하지만 애석하게도 김선인은 그런 불펜 포수의 입장이 되질 못했다.

반면 이만호는 달랐다. 초등학교 시절부터 지금껏 마스크를 써 온 그는 투수를 기분 좋게 하는 방법을 누구보다 잘 알고 있었다.

"정훈아, 이 공. 몇 번만 더 던져 봐!"

이만호가 공을 돌려주며 소리쳤다.

"마누라가 원한다면 얼마든지."

한정훈은 기분 좋게 투구에 들어갔다. 그때마다 포심 패스트볼은 시원스럽게 미트에 꽂혀들었다.

그렇게 열 개쯤 공을 받던 이만호가 홈 플레이트에서 일어나 한정훈에게 다가왔다.

"정훈아, 잠깐만 쉬자."

"왜? 난 아직 괜찮은데?"

"아니, 네가 문제가 아니라 이러다 내가 죽을 거 같아서 그래."

"……?"

의아해하는 한정훈에게 이만호가 오른손을 보여 줬다. 두터운 미트에 가려 있을 때는 몰랐지만 그의 손은 어느덧 벌겋게 달아올라 있었다.

"너 장갑 안 꼈어?"

한정훈이 살짝 미간을 찌푸렸다. 연습 피칭이라곤 해도 이만호가 자신의 공을 너무 쉽게 보는 것 같은 생각이 들었다.

그러자 이만호가 냉큼 두 손을 흔들어 댔다.

"야, 안 끼긴. 여기 봐. 두 장이나 꼈다고. 포수가 손이 얼마나 중요한데 장갑을 안 끼겠냐?"

"그런데 손이 왜 이래?"

"왜 이러긴. 네 공이 어마어마하니까 그러지."

이만호가 씩 웃었다. 포수의 웃음과 어마어마하다는 표현. 그제야 한정훈은 자신의 공이 긍정적으로 변했다는 사실을 깨달았다.

"뭐야? 뭔데? 뭐가 어떻게 변한 건데?"

한정훈이 어린 아이처럼 눈을 반짝였다.

여자는 나이를 먹어도 예쁘다는 소리를 좋아하듯 투수도 마찬가지였다. 이 세상에 공 좋다는 소리를 싫어할 투수는 아무도 없었다.

그건 한정훈도 마찬가지였다. 16년 프로 생활을 경험하고 불펜 코치까지 해봤지만 그는 뼛속부터 투수다. 아니, 현생으로 만족하지 못해 20여 년의 세월을 거슬러 돌아왔으니 영혼까지 투수일지 몰랐다.

그런 한정훈의 애타는 속마음을 읽은 것일까. 잠시 뜸을 들이던 이만호가 씩 웃으며 입을 열었다.

"구속은 올 봄에 받았던 것보다 조금 빨라진 거 같아."

"조금?"

"중요한 건 구속이 아냐. 볼 끝이 살아 있어. 갑자기 공이 뻗는 듯한 느낌이라 집중하지 않으면 잡기도 어려워."

"그래? 그럼 종속이 좀 좋아진 건가?"

"물론 종속이 좋아진 것도 맞는데 변화도 심해졌어."

"변화?"

"나중에 매니저한테 투구 영상 찍어 달라고 해서 봐봐. 보면 아마 너도 놀랄 테니까."

말을 마친 이만호가 다시 포수석으로 돌아갔다. 단순히 연습 중이라면 공의 변화에 대해 좀 더 자세히 설명해 줬겠지만 지금은 그럴 여유가 없었다.

홍영철이 무너지면 그다음은 한정훈 차례다. 그 전에 한정훈의 불펜 피칭을 끝내야만 했다.

'던질 때마다 약간씩 폼이 달라지는 것 같으니까 조금 더 던지게 해야겠어. 그래야 나도 익숙해지지.'

포수 마스크를 쓰며 이만호가 단단히 미트를 들어 올렸다.

후아앙!

한정훈의 손끝을 빠져나온 포심 패스트볼이 바람을 일으키며 날아들었다.

퍼엉!

가죽을 찢는 듯한 포구 소리가 이만호의 손가락 마디마디에 울려 퍼졌다.

2

"하아, 저런 것도 투수라고."

허세명 감독의 입에서 절로 한숨이 흘러 나왔다. 감독으로서 해서는 안 되는 말이지만 치미는 짜증을 참기가 어려웠다.

5회 말, 무사 만루.

4회 말을 3피안타 1사사구 1실점으로 힘겹게 막아낸 공명찬을 대신해 홍영철을 마운드에 올렸지만 구원은커녕 경기를 말아먹고 있었다.

"괜찮아, 점수는 아직 넉넉하니까 무리하지 말고. 한가운데로만 던지지 마. 알았지?"

허세명 감독의 눈치를 보던 박경철이 하얗게 얼어붙은 홍영철을 달랬다. 비록 연습 시합이라곤 하지만 상대는 동승고등학교다. 주전도 아니고 1학년 신입생이 호투할 만큼 호락호락한 상대는 아니었다.

그러나 이미 5개의 안타와 두 개의 사사구를 허용한 홍영철은 박경철의 위로가 귀에 들어오지 않았다. 아웃 카운트 하나 잡지 못하고 벌써 4실점째다. 그것도 주전이 아니라 후보 선수들을 상대로 말이다.

"야, 인마. 정신 차려."

박경철이 오른손으로 홍영철의 뺨을 톡톡 두드렸다. 마음 같아선 제대로 정신 차리게 힘껏 후려갈겨 주고 싶었지만 경기 중에 차마 그럴 수는 없었다.

"후우……."

홍영철이 그제야 억눌린 숨을 뱉어냈다. 그 모습을 보아하니 더 이상은 마운드에서 버티기 어려울 것 같았다.

"환장하겠네."

이맛살을 찌푸리던 박경철이 더그아웃을 바라봤다. 그리고 이내 고개를 흔들어 댔다.

"젠장할."

박경철의 사인을 받은 허세명 감독이 신경질적으로 욕지거리를 내뱉었다. 공명찬도 기대 이하였는데 홍영철까지 저 모양이다. 올해는 3학년 선발 자원이 있으니 어찌 버틴다 하더라도 내년부터는 도저히 답이 서질 않았다.

그때였다.

"정훈이 불러올까요?"

주장 최민혁이 조심스럽게 말을 붙였다. 홍영철이 힘들다면 이제 남은 건 한정훈뿐이었다.

"그 녀석 불러와. 그리고 기혁이더러 몸 풀라고 하고."

허세명 감독이 의자에 주저앉으며 지시를 내렸다. 본래는 후보 선수들만으로 오늘 경기를 끝낼 생각이었지만 이대로 뒀다간 경기가 뒤집힐 것 같았다.

한정훈이 동명중학교 에이스였다고는 하지만 무사 만루에서 제대로 공을 던지지는 못할 것이다. 그렇다면 결국 경험 많은 3학년이 다시 나서줘야 했다.

"알겠습니다."

최민혁이 슬그머니 몸을 풀고 있던 3선발 차기혁과 함께 간이 불펜으로 뛰어갔다. 그리고 잠시 후. 한정훈이 더그아웃으로 돌아왔다.

"타임."

허세명 감독은 타임을 걸고 투수 교체를 알렸다.

"후우……."

홍영철은 복잡한 얼굴로 마운드를 내려왔다. 위기 상황을 벗어났다는 안도감과 허세명 감독을 실망시켰다는 아쉬움, 그리고 한정훈이 이 기회를 이겨 낼지도 모른다는 불안감이 얽히고설켰다.

그에 비해 한정훈은 여유가 넘쳤다. 루상이 가득 찬 상황에서의 구원 등판이 처음이 아닌 것처럼 말이다.

"뭐가 좋다고 실실거리냐?"

마운드에서 기다리고 있던 박경철이 이맛살을 찌푸렸다.

마운드에서 벌벌 떠는 녀석이나 이 녀석이나. 올해 신입 투수들은 마음에 드는 녀석이 한 명도 없었다. 백업 포수가 있다면 포수 마스크를 벗고 싶을 정도였다.

하지만 그건 한정훈도 마찬가지였다.

"아웃 카운트는요?"

"무사 만루다."

"점수는요?"

"10 대 5."

"아직 여유 있으니까 두 점까지는 괜찮겠네요."

한정훈이 나직이 주절거렸다. 박빙의 승부라면 모르겠지만 5점의 점수 차이라면 한 점도 안 주려고 발악하는 것보다 줄 점수는 주고 아웃 카운트를 버는 게 최선이었다.

그러나 박경철은 고작 신입생인 한정훈이 감독이라도 되는 것처럼 까부는 게 못마땅했다.

"투수란 새끼가 처맞을 생각부터 하고. 너도 글러 먹었다."

"뭐요?"

"뭐요? 이 새끼 봐라? 넌 진짜 안 되겠다. 학교 가면 1학년 전부 집합시킬 테니까 각오해라."

박경철이 제 말만 하고 포수석으로 돌아갔다. 그러고는 신경질적으로 미트를 들어 올렸다.

선배인 내가 네깟 녀석의 공을 받아주는 걸 영광으로 알아라.

삐뚤어진 미트가 꼭 그렇게 말하는 것 같았다.

한정훈은 눈매를 굳혔다. 주전 포수라는 자가 위기 상황에 등판한 투수를 독려하지는 못할망정 군기나 잡으려고 하니 한심스럽다 못해 짜증이 치밀었다.

그렇다고 이 상황에서 또다시 박경철을 들이받을 수는 없는 노릇이었다.

'미트 제대로 들고 있는 게 좋을 거다.'

한정훈이 박경철에 대한 분노까지 담아 공을 뿌렸다.

후아아앗!

바람을 가른 공이 박경철의 얼굴을 향해 날아들었다.

"……!"

깜짝 놀란 박경철이 미트를 들어 올렸지만 한발 늦고 말았다.

파밧! 쾅!

미트 끝을 스친 공은 그대로 박경철의 포수 마스크를 때려 버렸다.

콰다당.

놀람과 충격을 이기지 못하고 박경철이 뒤로 나자빠졌다. 명색이 동명고등학교 주전 포수라는 자가 신입생의 패스트 볼 하나 받아내지 못한 것이다.

단순히 포구 미스로 끝났다면 다행이었겠지만 박경철은 쉽게 몸을 일으키지 못했다. 한정훈을 우습게 여긴 나머지 제대로 포구 자세를 잡지 않다가 넘어져 발목이 삐어버린 것이다.

　"하아, 진짜 가지가지 하는구만."

　박경철에게 달려간 주장 최민혁이 팔로 엑스자를 그리자 허세명 감독의 얼굴이 와락 일그러졌다. 후보 투수들이야 그렇다 치더라도 작년부터 주전 포수로 키워왔던 박경철이 공 하나 제대로 못 받고 부상을 당했으니 진짜 욕지거리가 튀어나올 것 같았다.

　게다가 문제는 백업 포수였다. 부상당한 조인식은 이번 원정에서 제외되었다. 남은 포수 자원이라고는 1학년 이만호뿐. 이제 막 들어온 신입생에게 안방을 맡겨야 하는 어처구니없는 상황이 온 것이다.

　만약 자신의 계획대로 경기가 진행됐다면 이쯤에서 동승고등학교 측에 경기 중단을 요청했을 것이다. 연습 경기도 중요하지만 선수 보호가 최우선이었다. 포수가 없는데 야수를 데려다가 포수 마스크를 씌울 수는 없는 노릇이었다.

　하지만 4회와 5회, 5득점으로 기세가 오른 동승고등학교에서 쉽게 양해해 줄 리가 없었다.

　"만호 불러와."

허세명 감독이 무겁게 한숨을 내쉬며 말했다. 그리고 잠시 후, 부상당한 박경철을 대신해 이만호가 그라운드 위에 올랐다.

"얘기 들었어. 한 건 했다며?"

마운드로 다가온 이만호가 실실 웃으며 말했다.

"실수야."

한정훈이 살짝 미간을 찌푸렸다. 얼굴 쪽을 노리고 던지긴 했지만 그래 봐야 연습 투구다. 그거 하나 못 받고 나자빠질 줄은 생각하지 못했다.

그러나 이만호는 상관없다는 반응이었다.

"어쨌든 덕분에 나한테까지 기회가 왔으니까. 고맙다, 인마."

"진심이냐?"

"진심이지. 그리고 실수였다며? 그럼 사고인데, 뭘. 원래 기회는 이런 식으로 찾아오는 거 아니겠어?"

이만호가 평소답지 않게 능청을 떨었다. 평소 선배들의 그림자만 보여도 90도로 인사를 하던 녀석이 말이다.

하지만 한정훈은 그런 이만호가 싫지 않았다. 오히려 자신의 기분을 맞춰 주려 애쓰는 모습이 고맙고 대견스러웠다.

'그런데…… 원래 이런 녀석이었나?'

한정훈이 이만호를 빤히 바라봤다. 애석하게도 그의 머릿속에 이만호에 대한 기억은 그리 많지 않았다.

한정훈이 2학년 때부터 동명고등학교의 주전 선수로 뛴 반면 이만호는 줄곧 벤치에 앉아 있었다. 3학년이 되어서도 마찬가지였다.

당연히 이만호는 프로 구단의 선택을 받지 못했고 차선책으로 대학교에 진학했다. 그리고 그 이후로 이만호에 대한 소식을 들은 게 없었다. 아니, 이만호에 대해 관심을 갖지 않았다.

동기이긴 하지만 한정훈은 이만호와 특별히 친하게 지내지 않았다. 오가며 인사나 주고받는 수준이었다. 배터리 경험도 고3 때 잠깐 호흡을 맞춘 게 전부였다.

하지만 그건 어디까지나 야구부 내 파벌 때문이었다. 이만호가 동명중학교 출신이 아니라 거리를 둔 것일 뿐 그의 실력을 폄하해 멀리한 것은 아니었다.

물론 이만호가 주전을 꿰차지 못한 건 실력적인 문제일 수도 있었다. 하지만 한정훈은 운이 나빴다고 여겼다. 비동명중학교 출신 포수가 동명중학교 출신 선수들이 대부분인 동명고등학교의 안방을 차지한다는 건 생각만큼 간단한 일이 아니었다.

게다가 경쟁자도 많았다. 한정훈이 1학년일 때 동명고등학교는 철밥통이라 불리던 박경철이 주전 포수로 버티고 있었다. 2학년에 올라가서는 부상에서 돌아온 조인식이 날아다녔다. 조인식이 졸업하고 3학년이 되어서야 이만호는 주전 포수가 될 수 있었다. 하지만 그것도 잠시뿐. 몇 경기 부진하자 동명고등학교 주전 마스크는 동명중학교 출신인 2학년 백업 포수가 쓰게 됐다.

'참, 그때 나도 주전 포수를 바꾸는 데 찬성했지.'

한정훈은 괜히 쓴웃음이 났다. 고등학교 시절에는 그저 야구만 하고 살았다고 생각했는데 그렇게 순진하기만 한 삶은 아니었던 모양이었다.

그때였다.

"타임이 너무 길잖아. 적당히들 해."

3루를 보고 있던 장성민이 한마디 했다. 가뜩이나 수비 시간이 긴데 투수가 바뀌고 포수까지 바뀌어버렸다. 게다가 위기 상황은 계속되고 있었다. 이런 때 쓸데없이 시간을 끌어봐야 수비수들의 피로도만 높아질 뿐이었다.

그러자 이만호가 멋쩍게 웃으며 말했다.

"죄송합니다, 선배님. 금방 끝내겠습니다."

장성민에게 양해를 구한 뒤 이만호가 프로 포수처럼 미트로 입을 가렸다. 그리고 한정훈에게 바짝 달라붙었다.

모양새만 봐서는 이 위기를 타개할 작전이라도 짜는 것 같았다. 하지만 정작 이만호의 주문은 뻔한 것들이었다.

"정훈아, 너 포심만 던질 거지? 아마 네 포심은 한가운데로 던져도 제대로 못 칠거야. 그러니까 포심만 던져. 다른 구질은 내가 안 받아봐서 솔직히 자신 없으니까."

"그러다 점수 내주면?"

"어차피 5점 차이잖아? 편하게 가자. 여기서 한두 점 내준다고 해도 아무도 네 탓 하지 않을 거야."

할 말을 마친 이만호가 서둘러 포수석으로 돌아갔다. 뒤이어 타자가 배터 박스 위에 올랐다.

타임 시간이 길었기 때문일까. 타자의 눈빛은 살짝 죽어 있었다. 곧바로 타격을 했다면 모르겠지만 무사 만루라는 찬스와 바뀐 투포수, 5점 차이의 점수 차 등등 수많은 생각이 머릿속을 복잡하게 만든 모양이었다.

그런 타자의 표정을 읽은 듯 이만호가 안쪽 사인을 냈다. 타자가 집중해 노리지 않고서는 제대로 치기 어려운 코스로 말이다.

'쳐도 좋고, 안 쳐도 상관없고.'

한정훈도 군말 없이 고개를 끄덕였다. 그리고 이만호의 요구대로 포심 패스트볼을 던졌다.

후아앗!

빠르게 날아든 공이 타자의 무릎 쪽으로 날아들었다. 그 순간,

"으앗!"

타자가 그대로 엉덩방아를 찧어버렸다.

하지만 공은 스트라이크 존에 아슬아슬하게 걸쳐 들어왔
다. 프로 야구보다 스트라이크 존이 다소 후한 아마 야구에
서는 명확한 스트라이크였다.

"스트라이크."

예상대로 심판의 스트라이크 콜이 나왔다. 그러자 타자가
놀란 얼굴로 심판을 바라봤다.

"이게 스트라이크예요?"

"그럼, 볼이겠냐?"

"저 맞을 뻔했어요!"

"그건 네가 홈 플레이트에 바짝 붙어 서서 그런 거고."

연습 경기이지만 선수 출신 심판은 깐깐했다. 더 이상 항
의하면 퇴장이라도 불사하겠다며 눈을 부라리는데 타자도
꼬리를 내릴 수밖에 없었다.

"젠장."

타자가 배터 박스에서 한 걸음 물러섰다. 고교 야구 투수
대부분이 바깥쪽 승부를 선호하기 때문에 일부러 홈 플레이
트에 붙어 섰는데 초구부터 몸 쪽 공을 던질 줄은 미처 예상
하지 못했다. 그렇다고 계속 홈 플레이트에 붙어 설 자신은
없었다. 조금 전 공이 조금만 안쪽으로 들어왔다면.

'크으으.'

생각만으로도 오줌을 지릴 것 같았다.

꼬리를 내린 타자를 바라보며 한정훈이 슬쩍 입가를 비틀어 올렸다. 다른 아마추어 투수들은 모르겠지만 한정훈은 몸 쪽 승부에 자신이 있었다. 아니, 프로에서 10년 이상 버틴 투수 치고 몸 쪽 승부를 두려워하는 투수는 거의 없다시피 했다.

'자, 다음 코스는?'

한정훈의 시선이 이만호의 미트로 향했다. 그러자 이만호가 기다렸다는 듯이 한가운데 높은 쪽 사인을 냈다.

장타력 있는 타자에게 걸리면 곧바로 펜스를 넘겨 버릴 수도 있는 위험한 코스였다. 하지만 위협구 같은 몸 쪽 공에 잔뜩 몸이 움츠러든 타자라면 이야기가 달랐다.

한정훈이 주문대로 포심 패스트볼을 던졌다. 휘잉 하고 날아든 공이 곧장 미트를 향해 날아들었다. 타자가 뒤늦게 배트를 휘둘러 봤지만 그때는 이미 퍼엉 하는 포구 소리가 울린 뒤였다.

볼 카운트 투 스트라이크 노 볼.

투수에게 절대적으로 유리한 카운트였다.

'이쯤에서 맞춰 잡아 볼까?'

한정훈이 여유롭게 이만호를 바라봤다. 타자는 볼카운트

가 몰려 있다. 게다가 무사 만루의 득점 기회다. 맥없이 삼진으로 물러났다간 다음 기회를 잡지 못하게 될 터. 스트라이크 비슷한 공은 어떻게든 치려 들 게 뻔했다.

'몸 쪽 공 대응이 늦었으니까 몸 쪽으로 붙이는 게 낫겠지.'

한정훈은 이만호도 자신과 비슷한 생각을 하고 있을 것이라고 여겼다. 하지만 정작 이만호가 낸 사인은 몸 쪽 공이 아니었다.

바깥쪽으로 살짝 빠지는 공.

잘만 하면 타자를 헛스윙 삼진으로 돌려 세울 수 있는 코스였다.

'이 녀석 봐라?'

한정훈이 다시 입가를 비틀어 올렸다. 한두 점 정도는 내줘도 좋다더니 애당초 그럴 마음이 없었던 모양이었다.

한정훈은 일단 마운드에서 발을 풀었다. 그리고 슬쩍 뒤쪽을 바라봤다.

무사 만루. 내야 땅볼을 유도할 수 있다면 병살이 될 가능성이 높았다.

하지만 그건 내야의 수비력이 뒷받침됐을 때의 이야기다. 지금 마운드 뒤를 지키고 있는 건 대부분 후보 선수이다. 더블 플레이를 위해서는 호흡이 딱딱 맞아 떨어져야 하는데 그 정도로 기민한 플레이를 보여 줄 수 있을지는 확신하기 어려웠다.

한정훈의 시선이 유격수 쪽으로 향했다. 수비 좋은 공형빈이 지키고 있어야 할 자리에 1학년 장성민이 서 있었다.

장성민은 중학 야구에서도 손꼽히던 대형 유격수였다. 하지만 수비 실력은 그저 그랬다. 수비만 놓고 보자면 김선인이 더 나았지만 허세명 감독은 장성민이 더 크게 성장할 재목이라며 그에게 기회를 주고 있었다.

만약 공이 장성민 쪽으로 간다면 과연 더블 플레이가 가능할까.

한정훈은 이내 고개를 흔들었다. 잔뜩 긴장해 몸이 굳어진 녀석 쪽으로 타구를 보냈다가 알이라도 까지 않으면 다행이었다.

긴장한 건 장성민뿐만이 아니다. 모든 내야수의 얼굴에 두려움이 자리 잡고 있었다.

나한테만 오지 마라.

야수들의 표정을 읽은 한정훈은 더 고민할 것도 없이 투수판을 밟았다. 그리고 있는 힘껏 포심 패스트볼을 던졌다.

타구를 두려워하는 내야수들은 동지가 아니라 적이다. 그렇다면 이 싸움은 투수가 직접 끝내는 수밖에 없었다.

후아앙!

파공성을 울리며 날아든 공이 홈 플레이트 바깥쪽으로 향했다. 볼카운트에 여유가 있다면 한 번쯤 기다려 볼 만한 코스였다.

하지만 이미 투 스트라이크를 먹은 타자는 여유가 없었다. 어떻게든 맞추려고 방망이를 휘둘렀지만,

파아앙!

막판에 솟구쳐 오른 공은 그대로 포수 미트에 박혀 버렸다.

"스트라이크! 아웃!"

3구 삼진.

그렇게 첫 번째 아웃 카운트가 만들어졌다.

"나이스 볼!"

이만호가 활짝 웃으며 포구한 공을 돌려주었다. 그리고 더욱 대담하게 두 번째 타자를 공략해 나갔다.

초구는 바깥쪽 빠른 공.

2구는 안쪽 높은 위협구.

3구는 안쪽 무릎 높이로 파고드는 공.

마지막 4구는 한가운데 높은 공.

"으아악!"

연이은 몸 쪽 승부에 몸이 굳어버린 타자가 뒤늦게 허리를

돌려봤지만 방망이는 애꿎은 허공만 가르고 말았다.

"스트라이크, 아웃!"

두 타자 연속 삼진.

눈 깜짝할 사이에 무사 만루의 위기가 2사 만루 상황으로 변했다.

자연스럽게 수비수들의 얼굴에 안도감이 번졌다. 이제는 더블 플레이를 의식하지 않아도 된다. 그저 어떻게든 아웃 카운트만 만들어내면 되는 것이다.

그러나 한정훈은 마지막 아웃 카운트도 제 손으로 만들어 냈다. 타석에 들어선 순간부터 겁에 질린 타자를 내버려 둘 만큼 한정훈은 너그러운 투수가 아니었다.

초구는 몸 쪽 빠른 공.

2구도 몸 쪽 빠른 공.

그리고 3구는 한복판.

"스트라이크! 아웃!"

한정훈의 공을 바라만 보던 타자가 심판의 콜과 함께 고개를 떨어뜨렸다.

3구 삼진.

"와아아아!"

동명고등학교 더그아웃에서 환호성이 터져 나왔다.

3

"젠장할."

동승고등학교 김종찬 감독이 와락 얼굴을 일그러뜨렸다.

4회부터 주전 선수들을 뺀 건 일종의 도박이었다. 동명고등학교의 마운드를 책임지는 3학년 3인방. 그들의 등판만 막는다면 어떻게든 따라갈 수 있다고 여겼다.

김종찬 감독의 예상대로 경기의 흐름은 4회 이후 완전히 바뀌었다. 4회 말 공격에서 공명찬을 상대로 1점을 빼앗고 5회 말 공격에서 신입생 홍영철을 난타, 4점을 더 빼앗았다. 물론 5회 초 수비에서 2실점하긴 했지만 이런 기세라면 경기 막판 충분히 점수를 뒤집을 수도 있었다.

'허 감독님, 감독님 생각대로는 안 될 겁니다.'

김종찬 감독은 이번에는 허세명 감독이 똥줄이 탔을 것이라 여겼다. 그래서 허세명 감독이 홍영철을 내리고 신입생을 올릴 때에도 여유만만이었다.

무사 만루에서는 주전 투수들도 겁을 먹게 마련이다. 하물며 신입생이 그 압박감을 이겨낼 리가 없었다.

'적어도 석 점은 더 따라붙어야 해.'

김종찬 감독은 타자들에게 강공을 지시했다. 한두 점 내겠다고 작전을 거는 건 의미가 없다고 여겼다.

하지만…… 지금 이 순간 김종찬 감독은 자신의 결단을 후회했다. 설마하니 허세명 감독이 마지막까지 조커를 숨겨 놓았을 줄은 미처 예상하지 못한 것이다.

등번호 21번 한정훈.

김종찬 감독이 무겁게 한숨을 내쉬었다. 동명중학교 시절 에이스였다는 사실은 얼핏 들었지만 저 정도일 줄은 미처 몰랐다.

동승고등학교의 후보 선수들은 한정훈의 공을 제대로 건드리지 못했다. 140㎞/h 초중반의 구속보다 더 빠르게 느껴지는 종속. 거기에 홈 플레이트를 넓게 사용하는 대담함까지. 이건 고교 신입생의 투구가 아니었다.

만약 한정훈을 공략하지 못한다면 오늘 경기는 이대로 끝이 나고 말 것이다.

경기에 나간 후보 선수들 중에 마운드에 있는 한정훈의 공을 공략할 수 있는 녀석은 아무도 없었다. 그렇다고 연습 경기라는 핑계로 교체한 주전을 다시 투입할 수도 없는 일이었다.

'저 녀석을 어떻게든 끌어내야 해.'

고심하던 김종찬 감독이 입술을 깨물었다. 그러고는 고개를 돌려 매니저 김한규를 불렀다.

"한규야."

"네, 감독님."

"가서 마이크 불러와라."

"마이크…… 를요?"

"그래, 지금 체육관에 있을 테니까 빨리 찾아 와라."

"하지만 마이크는……."

"얼른!"

김종찬 감독이 단호하게 말했다. 솔직히 내키진 않았지만 허세명 감독이 꺼내 든 조커를 깨부수기 위해서는 이쪽에서도 조커를 빼 들 수밖에 없었다.

"알겠습니다."

마지못해 고개를 숙인 김한규가 어딘가로 부리나케 달려 갔다. 그리고 잠시 후.

"부르셨습니까."

곰 같이 커다란 사내가 동승고등학교 더그아웃으로 들어 왔다.

4

한정훈과 이만호 배터리는 6회에도 호흡이 척척 맞았다.

첫 타자를 초구에 2루수 땅볼로 돌려세운 뒤 두 번째 타자와 세 번째 타자를 연속해서 삼진으로 잡아냈다.

2이닝 동안 잡은 삼진만 무려 다섯 개. 말 그대로 압도적인 피칭이었다.

"정훈이 녀석 공이 저 정도였나?"

한정훈을 바라보던 허세명 감독의 눈빛이 달라졌다. 한정훈을 고만고만한 중학 야구 선수쯤으로 여겼는데 마운드에 올려놓고 보니 전혀 딴판이었다.

이 정도 실력이면 3학년 주전들에 견줄 만했다. 3학년들을 프로에 보내는 게 중요하니 당장 중용하진 못하겠지만 지금처럼 경기 후반에 내보내 경험을 쌓게 한다면 적어도 공명찬보다는 나을 것 같았다.

동명중학교 3학년 선발 3인방의 생각도 허세명 감독과 크게 다르지 않았다.

"정훈아, 공 좋은데?"

"잘하고 있어. 그렇게만 하자."

"역시 우리 동명중 에이스. 수준이 다른데?"

한정훈이 더그아웃으로 돌아오자 3인방은 기다렸다는 듯이 한정훈을 자신들의 옆자리에 앉혔다. 차기 에이스라 불리는 공명찬조차 앉아보지 못했던 주전 라인에 말이다.

"그냥 운이 좋은 겁니다."

한정훈이 멋쩍게 웃었다. 솔직히 실력을 뽐내려고 공을 던진 건 아니었다. 기회가 주어졌고 상황에 맞게 최선을 다했을 뿐이다.

하지만 3인방은 한정훈이 어울리지 않게 겸손을 떤다고 여겼다.

"운은 무슨. 넌 타고난 강심장이야."

2선발이자 좌완인 권승헌이 한정훈을 추켜세웠다.

5회 말 무사 만루. 앞선 투수가 4실점을 한 상황에서의 구원 등판이다.

자신이 올라갔다 하더라도 한 점도 안 내줄 자신이 없었다. 그런데 세 타자를 삼진으로 돌려세웠다. 그것도 포심 패스트볼 하나로 말이다.

그 모습이 꼭 프로에서 활약하는 든든한 마무리투수처럼 보였다. 상대한 타순이 하위 타순이고 주전이 아닌 후보 선수들을 상대했다 하더라도 한정훈의 역투를 깎아내릴 수는 없을 것 같았다.

"그런데 정훈아, 아까 던진 공 투심 맞아? 무슨 공이 그렇게 좋냐? 어떻게 잡는 건데?"

3선발 차기혁이 한정훈에게 그립을 보여 달라고 떼를 썼다.

"별거 없는데요."

한정훈이 옆에 놓인 스냅 볼(손목 단련을 위한 특수 구)을 쥐어

보였다. 그러자 차기혁이 뭔가를 발견하곤 감탄을 내뱉었다.

"이야, 정훈이 너도 손가락이 장난 아니게 긴데? 넌 변화
구도 엄청 잘 던지겠다."

투수에게 있어서 튼튼한 하드웨어만큼이나 중요한 게 바
로 손가락이다. 손가락이 길고 유연하면 다양한 변화구를 구
사할 수 있다. 경기에 써 먹기 위해서는 피나는 노력이 동반
되어야 하겠지만 손가락이 짧거나 굳어서 다른 구종을 익히
지 못하는 선수들에 비하면 축복을 받은 셈이었다.

"에이, 손가락은 선배도 길잖아요."

한정훈이 차기혁의 손을 바라봤다. 140㎞/h 전후의 패스
트볼 구속에도 불구하고 그가 명문 동명고등학교의 선발 자
리를 차지한 건 슬라이더, 싱커, 커브 등 각종 변화구를 자유
자재로 구사하기 때문이었다.

구속을 제외한 투구 능력만 놓고 봤을 때 차기혁은 3인방
중 최고였다. 하지만 정작 당사자는 그런 사실을 인지하지
못하는 눈치였다.

"암튼, 나중에 내 경기 때도 꼭 오늘같이 던져야 한다. 알
았지? 특히 주자가 나가 있으면 꼭! 삼진으로 끝내 버려. 알
았지?"

차기혁이 한정훈에게 신신당부를 했다. 프로 입단의 기로
에 놓인 3학년 투수들에게 있어서 구원 투수의 방화로 평균

자책점이 높아지는 것보다 더 큰 재앙은 없었다.

"그런 기회가 온다면 최선을 다해 보죠."

한정훈이 대수롭지 않게 대답했다. 만약 홍영철이 이 말을 들었다면 벌써부터 얼굴이 하얗게 질렸겠지만 프로 생활의 시작과 끝을 불펜 투수로 살아 온 한정훈에게 앞선 투수가 싼 똥을 치우는 것쯤은 일도 아니었다.

다만 과거와는 다르게 주전 선수들의 기대를 한 몸에 받는 건 부담스러웠다.

기억대로라면 한정훈은 1학년이 끝날 시점까지 마운드에 거의 오르지 못했다. 팀 내 청백전이나 연습 경기에서 점수 차이가 크게 났을 때나 간간히 공을 쥘 수 있었다. 그 외의 경기에서는 한결같이 공형빈의 대주자로 활약했다.

오죽했으면 새로 온 감독이 한정훈을 외야수로 착각했을 정도였다. 하지만 한정훈은 자신을 차별한 허세명 감독이 죽을 만큼 밉지는 않았다. 1학년을 푹 쉰 덕분에 제법 싱싱한 어깨로 2학년과 3학년 시절을 버틸 수 있었기 때문이다.

한정훈은 가급적이면 올해는 조용히 몸을 만들며 지내고 싶었다. 선수를 보지 못하고 눈앞의 성적 내기에만 급급해하는 감독 밑에서 승리를 위한 도구로 망가지고 싶진 않았다.

'감독 눈치도 보이니까 다음 이닝부터는 승부를 어렵게 끌고 가는 게 좋겠다.'

한정훈은 애써 흥분을 가라앉혔다. 오랜만에 마운드에 올랐다고 자신도 모르게 너무 들떠 버렸다.

게다가 포수 이만호의 리드도 좋았다. 포수석에 박경철이 앉아 있었다면 말도 안 되는 볼 배합으로 자신을 지치게 했겠지만 이만호는 달랐다. 한정훈의 포심 패스트볼이 먹힌다는 사실을 안 순간부터 버리는 공 하나 없는 깔끔한 리딩을 선보였다.

'내년에도 인식 선배가 아니라 만호와 호흡을 맞췄으면 좋겠는데.'

한정훈의 시선이 타석에 들어선 이만호에게 향했다. 2학년 조인식은 전형적인 포수 타입이었다. 덩치도 좋고 타석에서의 한 방도 있었다. 하지만 박경철처럼 자신의 볼 배합을 강요하는 경향이 있었다. 하기야 박경철에게 볼 배합을 배웠으니 다를 리가 없었다.

조인식에 비해 이만호는 투수를 편안하게 해주는 스타일이었다. 체격은 조인식만 못하지만 포수로서의 실력은 특별히 빠지는 게 없었다.

박경철의 부상이 어느 정도인지는 모르겠지만 이만호가 이 기회를 잘 살린다면 조인식의 좋은 경쟁 상대가 될 수 있었다. 하지만 그러기 위해서는 일단 한 가지를 절대적으로 보완해야 했다.

바로 타격.

까강.

한가운데로 날아온 패스트볼을 2루 땅볼로 만들어버린 이만호를 보며 한정훈이 고개를 흔들어 댔다. 저 정도 타격 실력으로는 솔직히 백업 포수도 어려워 보였다.

'저 녀석을 어쩐다.'

한정훈이 나직이 한숨을 내쉬었다. 프로였다면 전담 포수로 써 달라고 비벼라도 보겠지만 아마 고교 야구에서 그런 게 통할 리 없을 것 같았다.

5

동명고등학교의 7회 초 공격은 삼자범퇴로 끝이 났다.

점수는 여전히 10 대 5.

동승고등학교에게 남은 기회는 3이닝뿐이었다.

"타임."

동승고등학교 김종찬 감독은 공수 교대 시간을 이용해 심판에게 양해를 구했다. 그리고 허세명 감독 쪽으로 다가왔다.

"하긴, 이쯤 했으면 오래 했지."

허세명 감독은 김종찬 감독이 경기 중단을 요구할 것이라고 여겼다. 주전 선수들이 일찍 교체되면서 대부분의 후보 선수들에게 출전 기회가 갔다. 이 정도면 신입생 신고식이라는 기본적인 취지에 부합하는 경기였다.

동승고등학교 후보 선수들이 잘 버텨 주고 있기는 하지만 후보는 후보일 뿐이다. 결국 언제고 허점이 드러날 터. 여기서 또다시 실점하면 기껏 세워 놓은 후보 선수들의 기세마저 꺾일 수 있었다. 그 전에 적당히 경기를 마무리 짓는 게 서로 윈-윈 하는 지름길이었다.

하지만 정작 김종찬 감독은 이대로 경기를 끝낼 마음이 없었다.

"갑자기 찾아와서 죄송합니다."

"아닙니다. 그런데 무슨 일로……?"

"실은…… 양해를 구할 일이 있어서요."

"하하. 뭐든 편하게 말씀하십시오."

"다른 게 아니라 저희 학교 야구부에 입단 테스트를 받고 있는 선수가 하나 있는데…… 그 선수를 경기에 내보내고 싶어서 말입니다."

"테스트…… 선수요?"

허세명 감독이 미간을 찌푸렸다. 설마하니 김종찬 감독이 이런 요구를 할 줄은 전혀 예상하지 못한 것이다.

연습 경기라 하더라도 사전에 주고받은 명단에 없는 선수를 경기에 출전시킬 수는 없는 노릇이었다. 하지만 주전들은 다 빠지고 후보 선수들을 출전시킨 경기에서 너무 빡빡하게만 굴 수도 없었다.

"뭐…… 그렇게 하십시다."

잠시 고심하던 허세명 감독이 이내 고개를 끄덕였다. 그렇지 않아도 너무 일방적으로 이기고 있어서 미안하던 차였다. 명문인 동승고등학교에서 터무니없는 선수를 내세우지는 않을 테니 이 정도쯤은 받아주는 게 나을 것 같았다.

'테스트 선수라니까, 뭐.'

허세명 감독은 동승고등학교의 테스트 선수를 크게 신경 쓰지 않았다. 정식 야구 부원이 아니라 테스트를 받고 있다면 그 수준은 뻔할 터. 아마 주력이나 수비는 빼어나지만 타격은 형편없는 반쪽짜리 선수일 가능성이 높다고 여겼다. 하지만

"……!"

경기 재개와 함께 모습을 드러낸 타자는 190㎝는 족히 되어 보이는 거구였다.

6

타자가 배터 박스 밖에서 방망이를 휘둘렀다.

훙! 후우웅!

허공을 찢어발기는 듯한 굉음에 이만호의 눈이 커졌다. 지금껏 수많은 스윙 소리를 들었지만 이번처럼 등골이 오싹한 적은 처음이었다.

"타임이요."

이만호는 타임을 부르고 마운드로 달려 왔다. 그러자 한정훈도 기다렸다는 듯이 입을 열었다.

"저 녀석은 뭐야?"

한정훈의 눈에도 상대 타자는 제법 위협적으로 보였다. 큰키에 다부진 체격. 거기다 터질 듯한 팔뚝과 허벅지까지. 어지간한 공쯤은 가뿐히 펜스 밖으로 넘겨 버릴 것 같은 용병 타자의 이미지였다.

"그렇지 않아도 그 이야기해 주려고 온 거야."

이만호가 작전 회의를 하듯 미트로 입을 가렸다. 그러고는 자신이 타자에 대해 주워들은 이야기를 빠르게 털어 놓았다.

"이름이 마이크? 저 녀석, 혼혈이야?"

"그런 소문이 돌긴 하는데 확실하게는 모르겠어. 그리고 미국에서 야구를 했다나 봐."

"그럼 미국에서 야구를 할 것이지 저긴 왜 서 있는 거야?"

"그게…… 부모님이 이혼하셨나 보더라. 그래서 아버지 따라 한국 온 모양이고."

이만호의 표정이 조심스러워졌다. 타인의 가정사를 멋대

로 옮기는 게 내키지 않은 모양이었다.

하지만 정작 한정훈은 마이크의 가정사가 어떤지는 관심이 없었다. 그보다는 미국에서 야구를 배운 녀석이 무슨 이유로 이 타석에 섰는지가 더 궁금했다.

"저 녀석, 동승고 선수는 맞는 거지?"

한정훈이 다시 타석에 선 마이크를 바라봤다. 동승고 야구복을 입긴 했지만 그 모습이 상당히 불편해 보였다. 다른 누군가의 야구복을 대신 빌려 입기라도 한 것처럼 말이다.

그러나 이만호도 그 이상 자세한 건 알지 못했다.

"경기에 나왔으니까 정식 선수겠지. 어쨌든 조심해. 스윙하는 거 들어봤는데 여차하면 넘어가겠더라."

이만호가 한정훈의 어깨를 두드리곤 마운드를 내려왔다. 하지만 한정훈에게 도망가자는 소리는 하지 않았다.

타자가 동승고등학교의 히든카드라 해도 상관없었다. 오늘 한정훈이 보여 준 공이라면 동승고등학교 주전 선수들이라 하더라도 쉽게 공략해 내지 못할 터였다.

'초구는 여기.'

이만호의 미트가 타자의 몸 쪽, 무릎 옆으로 움직였다.

"짜식."

한정훈이 피식 웃었다. 타석에서 위압감을 뽐내는 타자를 자극하는 데 몸 쪽 빠른 공만 한 것도 없었다.

선두타자인 만큼 아마 공 한두 개는 보려 할 것이다. 설사 성격이 급한 타자라도 페어라인 안쪽으로 밀어 넣기 어려운 안쪽 공은 건드리지 않을 가능성이 높았다.

"어디, 자신 있으면 쳐봐라."

크게 숨을 들이켠 한정훈이 타자의 몸 쪽을 향해 포심 패스트볼을 던졌다.

퍼어엉.

날카롭게 파고든 공이 이만호의 미트 속으로 빨려 들어갔다.

"스트라이크!"

심판의 스트라이크 콜이 울렸지만 예상대로 타자는 제자리에서 꼼짝도 하지 않았다. 무심한 눈으로 포수 미트를 바라보고는 다시 방망이를 고쳐 잡았다.

'놓친 건가? 아니면 안 친 건가?'

잠시 고심하던 이만호가 다시 한 번 안쪽으로 미트를 고정했다. 이번에는 조금 더 높게. 타자가 군침이 돌 만한 코스로 말이다.

"허이구?"

이만호의 사인을 받은 한정훈이 헛웃음을 흘렸다. 이만호가 박경철에 비해 공격적인 볼 배합을 사용하긴 했지만 지금처럼 연달아 두 개의 공을 안쪽으로 요구하긴 처음이었다.

그것도 덩치 좋은 장타자감을 상대로 말이다.

'어차피 연습 경기란 소린가?'

한정훈은 이내 고개를 끄덕거렸다. 그렇지 않아도 더그아
웃의 기대가 부담스러웠는데 이쯤에서 하나 얻어맞아주는
것도 나쁠 것 같지 않았다.

하지만 이만호는 한정훈이 맞을 거라는 생각으로 몸 쪽 공
을 주문한 게 결코 아니었다.

후아앗!

한정훈의 손끝을 떠난 공이 몸 쪽으로 빠르게 날아들었다.

초구보다는 공 두어 개 정도 높은 위치.

방망이 중심에만 맞추면 장타가 될 확률이 높은 강타자의
핫 존(Hot Zone)으로 말이다.

"……!"

눈썰미 좋은 타자가 기다렸다는 듯이 허리를 돌렸다.

후아앙!

배트가 만들어낸 요란한 파공성이 포수의 귓등을 때렸다.
하지만 이만호는 눈 하나 깜짝하지 않고 미트를 살짝 들어
올렸다.

퍼어엉!

스윙 궤적을 빠져 나온 공이 그대로 미트에 꽂혔다. 뒤이
어 심판의 시원스러운 스트라이크 콜이 울렸다.

"뭐야?"

헛스윙을 한 타자가 냉큼 포수를 노려봤다. 대체 어째서 공이 미트에 박혀 있는 거지? 꼭 그렇게 따지는 것만 같았다.

하지만 이만호는 대답 대신 씩 웃어 보였다.

볼 끝이 뻗는 한정훈의 포심 패스트볼은 한두 번 본다고 해서 공략할 수 있는 공이 아니었다. 게다가 높이에 따른 시각적인 차이도 컸다. 초구는 낮게 깔려 들어온 반면 2구는 타격 지점에서 갑자기 떠오르는 듯한 느낌이었다. 똑같은 구질인 줄 알고 덤벼들었는데 공 끝이 변하니 타자가 당황하는 것도 무리는 아니었다.

"나이스 볼!"

이만호가 공을 돌려주며 크게 소리쳤다. 자연스럽게 타자의 얼굴이 와락 일그러졌다.

"우리 마누라가 너무 터프한데?"

한정훈이 웃음을 참으며 로진백을 만졌다. 처음에는 무슨 꿍꿍이인가 했는데 당황한 타자의 표정을 보니 이만호의 볼 배합에 완전히 당한 모양이었다.

덕분에 한정훈도 공 끝이 뻗는다는 이만호의 설명을 이해할 수 있게 됐다.

지금까지 타석에 섰던 타자들은 대부분 엉뚱한 타이밍에 방망이를 휘둘러 댔다. 어쩌다 맞춘다 해도 정타는 없었다.

구위에 눌린 듯 힘없는 타구만 만들어냈다.

반면 미국에서 왔다는 타자, 마이크는 달랐다. 공이 홈 플레이트를 통과하려는 그 시점에서 정확하게 배트를 내밀었다. 초구만 보고 한정훈이 던진 포심 패스트볼의 구속에 완벽하게 타이밍을 맞춰 버린 것이다.

그래서 한정훈도 살짝 눈매를 일그러뜨렸다. 이만호의 리드만 믿고 타자를 너무 얕봤다는 생각이 들었다.

최악의 경우 홈런. 못해도 장타.

한정훈의 머릿속에 내야를 넘어가는 타구의 모습이 그려졌다. 하지만 결과는 정반대. 공이 포수의 미트 속에 빨려 들어간 것이다.

완벽한 타이밍에서 방망이를 냈는데 파울조차 만들어내지 못했다는 것. 그건 정말로 공이 타자의 스윙 궤적을 벗어나 버렸다는 의미다.

'라이징 패스트볼!'

한정훈이 자신도 모르게 입가를 실룩거렸다. 투수라면 한 번쯤 꿈꾸는 라이징 패스트볼을 던지게 되다니. 웃음을 참고 싶은데 도저히 참아지지가 않았다.

물론 완벽한 라이징 패스트볼을 던지게 된 것은 아닐 것이다. 솔직히 말해 진정한 의미의 떠오르는 패스트볼은 존재하지 않다고 봐야 했다.

투수가 던진 모든 공은 중력에 의해 아래로 떨어지게 마련이다. 직구라 불리는 포심 패스트볼도 마찬가지. 똑바로 날아가는 것처럼 보이지만 자세히 들여다보면 완만한 포물선을 그린다.

한정훈도 자신의 포심 패스트볼이 중력을 거스른다고 생각하진 않았다. 다만 예전보다 공의 회전수가 증가해 볼 끝이 살아서 홈 플레이트까지 들어간다고 생각했다. 덕분에 낙폭이 줄어들면서 타자의 예상 궤적을 벗어나 떠오르는 느낌을 주게 된 것이다.

'어때? 지금 머릿속이 복잡하지? 내가 뭘 던질지 헷갈려 죽겠지?'

한정훈이 여유롭게 타자를 바라봤다. 일방적으로 밀리는 게임에서 김종찬 감독이 내세운 조커인데 공 두 개로 삼진 위기에 몰렸으니 속이 타들어갈 터였다.

하지만 이제 와서 적선하듯 한 개 맞아주고 싶진 않았다. 아직 완벽하게 내 것으로 만든 건 아니지만 그래도 라이징 패스트볼이다. 이걸 얻어맞았다간 정말 기분 더러울 것 같았다.

5장
에이전트 제임스 킴

1

'아, 진짜. 적당히 던지려 했는데.'

이만호의 사인을 확인한 한정훈이 왼발을 높이 차들었다. 그리고 이만호의 미트를 향해 힘껏 공을 내던졌다.

후아앗!

빠르게 날아간 공이 타자의 바깥쪽 높은 코스를 파고들었다. 볼카운트가 몰린 타자가 다급히 배트를 휘둘러 보았지만 소용없었다. 공은 이번에도 타자의 배트를 지나쳐 포수의 미트 속으로 빨려 들어갔다.

퍼어엉!

"스트라이크! 아웃!"

포수의 포구 소리와 심판의 스트라이크 콜이 동시에 울렸다.

"좋았어!"

한정훈이 주먹을 움켜쥐었다. 처음으로 제대로 된 타자를, 그것도 라이징 패스트볼로 잡아냈으니 짜릿한 기분마저 들었다.

반면 3구 삼진을 당한 타자는 분노를 감추지 못했다.

"젠장!"

타자가 있는 힘껏 방망이를 바닥에 내리찍었다. 마치 공을 맞추지 못한 게 방망이 탓이라고 여기는 모양이었다.

"쯧쯧."

그 모습을 지켜보던 동승고등학교 김종찬 감독이 나직이 혀를 찼다. 고작 삼진 한 번 당했다고 스스로를 컨트롤하지 못하다니. 저 정도 자제력으로는 프로에서 대성하기 어려웠다.

하지만 동승고등학교 경기장 밖 벤치에서 경기를 지켜보던 중년 사내의 생각은 달랐다.

한국 야구는 지나치게 틀을 강조했다. 선수는 이러이러해야 한다라는 말로 선수들의 개성을 억누르는 경향이 강했다.

그러나 마이크가 겪은 미국 야구는 달랐다. 실력 있는 선수라면 저 정도 행동은 퍼포먼스의 일종으로 이해해 줬다. 아예 인성 자체가 삐뚤어진 게 아니라면 말이다.

중년 사내는 오히려 마이크의 분노가 마음에 들었다. 한 수, 아니, 두 수 아래로 깔보던 한국 야구. 그것도 고교 야구 선수에게 3구 삼진을 당했다면 저 정도는 화를 내 주는 게 당연했다.

"마이크가 3구 삼진을 당한 건 정말 오랜만에 보네요."

중년 사내의 옆에 있던 젊은 사내가 태블릿을 바라보며 중얼거렸다. 태블릿에 기록된 바에 따르면 마이크가 3구 삼진을 당한 건 무려 1년 반 만의 일이었다.

"마이크에게는 확실히 불리한 승부였어."

중년 사내가 마이크를 두둔하듯 말했다. 처음부터 경기에 참여한 게 아니라 갑작스럽게 대타로 투입되었다. 투수의 공과 피칭 스타일을 파악하지 못한 채 말이다.

투수와 10번 상대해서 3번 안타를 쳐내면 좋은 타자라고 한다. 마이크는 투수를 처음 상대했을 뿐이다. 앞으로 두 번, 아니, 한 번만 더 기회가 주어져도 저렇듯 허무하게 3구 삼진을 당할 일은 없을 터였다.

"그래도 마이크가 공을 건드리지도 못했다는 게 의외네요."

젊은 사내가 고개를 흔들었다. 커다란 덩치와는 달리 마이크는 타격에 적극적인 스타일이었다. 기왕이면 볼넷보다는 안타를 치고 나가는 걸 선호했다. 덕분에 삼진도 적잖게 먹었지만 조금 전처럼 무기력하게 타석에서 물러나는 경우는 극히 드물었다.

"한국 고등학교 투수 치고 공이 괜찮았으니까."

중년 사내가 이번에는 상대 투수를 추켜세웠다. 투수의 공을 정확하게 측정하긴 어려웠지만 마이크가 삼진을 당할 정도라면 제법 쓸 만한 수준인 게 틀림없었다.

그때였다.

"헤이! 또팔! 또팔!"

저만치서 배불뚝이 백인 사내가 손을 흔들며 달려왔다.

순간 젊은 사내의 입에서 픕 하고 웃음이 터져 나왔다. 뱃살을 출렁거리며 입에 붙지도 않는 한국 이름을 불러대는 모습이 한 편의 개그 프로그램을 보는 것 같았다.

반면 중년 사내의 얼굴은 와락 일그러졌다. 주변에 사람들이 없었으니 망정이지 관중들이라도 있었다면 짱돌을 집어 들었을지 몰랐다.

"스티브, 내 이름을 그따위로 부르지 말라고 했지."

중년 사내가 백인 사내, 스티브를 매섭게 노려보았다. 자신의 이름은 또팔이 아니라 동팔이다. 이름이 창피한 건 아니었지만 발음이 어려운 외국인들을 위해 제임스라는 가명까지 만들었는데 정작 스티브는 매번 엉뚱한 이름만 불러대고 있었다.

"쏘리~ 제임스."

스티브가 사람 좋은 얼굴로 씩 웃어보였다. 그러고는 미안하다며 살이 두툼한 손바닥으로 중년 사내의 팔뚝을 톡톡 두드렸다.

"하아…….."

중년 사내, 김동팔이 짜증스럽게 한숨을 내쉬었다. 분명 일부러 또팔이라 부른 게 틀림없지만 이 넉살 좋은 백인 사내가 이렇게 나오면 도저히 화를 내기가 어려웠다.

"찍으라는 건 찍어 왔어?"

김동팔이 이내 화제를 돌렸다. 그러자 스티브가 기다렸다는 듯이 어깨에 짊어진 카메라를 내려놓았다.

"헤이! 이걸 봐. 이거 대단해."

스티브가 촬영한 영상을 재생시켰다. 영상 속에 등장한 투수는 한정훈. 촬영 시점은 6회 말 수비 이후였다.

"이거 말고. 아까 마이크가 삼진 당한 거 봐봐."

김동팔이 닦달하듯 말했다. 그가 스티브를 동승고등학교 더그아웃으로 보낸 건 마이크의 영상을 촬영하기 위해서다. 이름도 모르는 한국 고등학교 투수를 보려던 게 아니었다.

"오케이, 기다려 봐."

자신보다 왜소한 동양인 남자의 지시에도 스티브는 군말

없이 두툼한 손가락을 움직였다. 그렇게 화면을 뒤로 돌리자 이내 낯익은 얼굴이 모습을 드러냈다.

"스톱. 거기서부터."

재생 시점은 1구를 지켜본 다음. 마이크가 처음으로 헛스윙을 하기 직전이었다.

"슬로우 모션으로 볼까?"

스티브가 김동팔을 바라봤다. 이제 곧 놀라운 장면이 나올 테니 재생 속도를 좀 늦추는 편이 나을 것 같았다.

하지만 김동팔은 보란 듯이 코웃음을 쳤다.

"됐어. 그냥 재생해."

"예스, 보스."

스티브가 어깨를 으쓱거리고는 재생 버튼을 눌렀다.

그리고 잠시 후,

퍼어엉!

요란한 미트의 파열음과 함께 마이크의 방망이가 허공을 가르는 모습이 펼쳐졌다.

순간 김동팔의 눈이 크게 치떠졌다. 마이크의 방망이가 공을 때리기 직전, 뭔가 이상한 일이 일어난 걸 느낀 것이다.

"다시."

"슬로우 모션으로?"

"그래, 빨리 돌리기나 해!"

"오케이, 보스."

스티브가 실실 웃으며 영상을 다시 재생시켰다. 재생 속도를 0.25배속으로 맞춰서 말이다.

덕분에 김동팔은 마이크가 헛스윙을 한 이유를 정확하게 파악할 수 있었다.

"이거, 라이징 패스트볼이에요?"

함께 영상을 보던 젊은 사내가 놀란 눈으로 김동팔을 바라봤다. 프로 야구라면 몰라도 고교 야구에서 라이징 패스트볼이라니. 미국 메이저리그 스카우터들이 들었다면 벌 떼처럼 달려들 소식이었다.

"그렇지? 존만? 나도 엄청 놀랐다니까?"

스티브가 대신해 맞장구를 쳐 주었다. 순간 젊은 사내, 안정만의 얼굴이 일그러졌지만 스티브는 가까이서 본 한정훈의 공에 대한 느낌을 설명하느라 정신이 없었다.

그사이 김동팔은 배속을 늦춰 한 번 더 영상을 돌렸다. 그리고 초구 스트라이크와 마지막으로 삼진을 당하는 장면까지 한꺼번에 재생해 보았다.

"흠……."

김동팔이 묵묵히 고개를 끄덕였다. 초구만 놓고 봤을 때 2구는 우연찮게 구사된 공 같았는데 3구를 보니 확실해졌다.

홈 플레이트를 파고드는 순간까지 투수가 던진 공 끝이 살아 있다. 타격 센스만큼은 미국 고등학교 야구 선수들 중에서도 톱클래스에 드는 마이크가 헛방망이질을 할 정도로 말이다.

"정만아, 이 녀석 자료 좀 보자."

김동팔이 안정만의 태블릿 쪽으로 눈을 돌렸다. 체격과 구위로 봤을 때 한정훈은 3학년 선발 수준이었다. 이 정도 공을 던지는 선수라면 고교 야구에서도 제법 이름이 알려졌을 가능성이 높았다.

얼마 전에 KBA(대한 야구 협회)에서 최신 자료들을 건네받았으니 이름만 알면 상세 정보를 확인할 수 있었다. 김동팔은 그 기록을 통해 한정훈의 실력을 최종적으로 가늠할 생각이었다.

그런데…….

"흠…… 이 선수는 이제 1학년인데요?"

안정만의 입에서 예상 밖의 대답이 튀어 나왔다.

"1학년? 저 녀석이?"

김동팔의 눈이 커졌다. 2학년이라고 해도 놀라울 지경인데 1학년이라니. 그럼 이야기가 달라진다.

"잠시만요. 좀 더 알아볼게요."

안정만이 다급히 어딘가로 전화를 걸었다. 그러고는 메일을 열람해 김동팔에게 보여 주었다.

"이게 저 선수에 대한 정보라는데요."

"이리 줘 봐."

김동팔이 빼앗듯 안정만의 태블릿을 낚아챘다. 태블릿 화면에는 누군가가 보내준 한정훈에 대한 정보가 간략하게 떠올라 있었다.

한정훈(강호초등학교-동명중학교-동명고등학교).

초등학교 4학년 때 야구 시작.

주 포지션은 투수이며 동명중학교 3학년 때 팀 내 에이스로 활약.

전국 중학 야구 대회 우수 투수상 수상(동명중 3학년).

포심 패스트볼을 주로 구사하며 커브도 구사 가능.

포심 패스트볼의 평균 구속은 130km/h~140km/h 추정.

커브볼의 평균 구속은 70km/h~110km/h.

"이게 뭐야?"

정보를 훑은 김동팔의 얼굴이 와락 일그러졌다. 이건 정보라고 하기도 민망할 만큼 형편없었다.

한정훈이 몇 학년부터 야구를 시작했는지 따위는 중요한 게 아니었다. 그보다는 중학교 시절 몇 경기나 출전했으며 어떤 성적을 거두었는지가 중요했다.

하지만 메일을 통해 알 수 있는 건 전국 중학 야구 대회에서 우수 투수상을 탔다는 것뿐이었다.

"저 녀석이 커브를 던졌던가?"

김동팔이 안정만을 바라봤다. 자신이 잠깐 한눈을 판 사이에 한정훈이 커브볼을 구사했을지도 몰랐다.

그러나 안정만은 그럴 리 없다며 고개를 흔들었다.

"한정훈이 오늘 던진 공은 26개. 전부 패스트볼로 보입니다."

안정만이 김동팔에게 투구 기록지를 내밀었다. 그 안에는 오늘 마운드에 오른 모든 투수의 예상 구속과 구종, 타격 결과 등이 세세하게 기록되어 있었다.

투구 기록지에서 가장 먼저 눈에 띠는 건 동명고등학교 선발로 나온 조찬수였다. 그는 다부진 체격에 150㎞/h를 넘나드는 강속구를 보유해 프로와 메이저리그 스카우터들의 관심을 두루 받고 있었다.

오늘 김동팔이 동명고등학교와 동승고등학교의 연습 시합을 보러 온 이유 중에도 조찬수가 포함되어 있었다. 조찬수가 소문에 걸맞은 활약을 보여 준다면 어떻게 해서든 에이전트 계약을 체결할 생각이었다.

하지만 초반에 점수가 벌어진 탓에 조찬수는 이렇다 할 위기조차 겪지 않고 3이닝 만에 마운드를 내려갔다. 게다가 기록된 경기 결과도 김동팔의 성에 차지 않았다.

기록된 조찬수의 투구 수는 56개. 패스트볼 계열이 40개이고 커브 10개와 슬라이더 6개를 섞어 던졌다. 마이크가 측정한 패스트볼 최고 구속은 152㎞/h. 아직 초봄인 걸 감안한다면 가을쯤에는 155㎞/h의 구속까지 바라볼 수 있을 것 같았다.

세컨드 피치와 써드 피치인 커브와 슬라이더의 구속도 125㎞/h와 135㎞/h로 준수했다. 여기까지는 세간의 평가와 크게 차이가 나지 않았다. 기대대로 성장해 준다면 마이너리그에서도 다른 유망주들과 충분히 경쟁이 가능할 것 같았다.

그러나 평균적이라던 제구력은 기대 이하였다. 56개의 공 중에 스트라이크는 고작 21개. 반면 볼은 스트라이크보다 14개나 많은 35개였다. 투수 유형에 따라 스트라이크와 볼의 비율이 다르겠지만 그래도 스트라이크보다 볼이 많은 건 곤란했다. 그건 투구 메커니즘에 문제가 있다는 의미였다.

제구력이 좋지 않다 보니 이닝당 투구 수도 18.67개로 많았다. 피안타 1개에 사사구만 3개. 이닝당 한 타자 꼴로 볼넷으로 내보내니 투구 수가 늘어날 수밖에 없었다.

김동팔은 조찬수의 투구를 강속구에 기댄 형편없는 피칭이라 단언했다. 솔직히 150㎞/h대의 패스트볼이 없다면 볼넷 남발로 자멸할 경기였다. 연습 경기인 만큼 정식 경기를 마저 지켜봐야겠지만 그 경기에서도 달라진 게 없다면 에이전시 계약을 깨끗이 포기해야 할 것 같았다.

'다른 녀석들은 다 쓰레기고.'

김동팔은 서로 내기를 하듯 점수를 퍼다 준 투수들의 기록지를 빠르게 넘겼다. 그리고 한정훈의 기록지를 훑었다.

마이크에 이어 두 타자를 삼진과 뜬공으로 처리하고 마운드를 내려간 한정훈의 기록은 깔끔, 그 자체였다. 이름을 가렸다면 기대주인 조찬수의 기록이라 착각할 정도로 말이다.

3이닝 동안 투구 수는 고작 26개. 조찬수의 절반도 되지 않았다. 그러면서 무려 7개의 탈삼진을 잡아냈다. 그리고 그중 5개는 3구 삼진이었다. 1학년 투수가 도망가지 않고 경기 내내 타자를 윽박질렀다는 소리다.

이 정도면 설사 상대한 타자들이 후보 선수라 해도 평가를 박하게 주기 어려웠다.

"스티브, 구속은 어떻게 나왔어?"

김동팔이 다시 스티브를 바라봤다. 그러자 스티브가 씩 웃더니 왼손에 들고 있던 스피드 건을 들어 올렸다.

81mile/h

환산하면 130㎞/h 정도였다.

"이상하네요. 전 분명히 140㎞/h 이상으로 보였는데."

스피드 건을 확인한 안정만이 고개를 갸웃거렸다. 사람의 눈이 스피드건보다 정확할 순 없겠지만 한정훈의 공이 130km/h에도 미치지 못한다는 사실에는 동의하기 어려웠다.

그건 김동팔도 마찬가지였다. 한정훈의 공이 정말로 그 정도밖에 안 된다면 당분간 마이크의 훈련 강도를 높일 생각이었다.

그러자 스티브가 씩 웃으며 말을 이었다.

"노노. 이건 초속이 아니야. 종속이야."

종속이라는 말에 김동팔과 안정만의 표정이 달라졌다.

일반적으로 알려진 패스트볼의 초속(Release Speed)과 종속(Result Speed)의 차이는 13km/h 이상. 그 계산을 적용한다면 한정훈이 던진 패스트볼의 초속은 143km/h 이상이 된다는 의미다.

"그리고 내 개인적인 생각인데 체감 구속은 93마일 이상이야."

김동팔을 바라보며 스티브가 한마디 덧붙였다.

체감 구속은 실제 타자가 타석에서 느끼는 구속을 의미한다. 초속과 종속만으로 설명이 어려운 투수의 구위를 파악하기 위한 메이저리그의 새로운 분석법이었다.

체감 구속이 높을수록 타자들은 투구 공략에 어려움을 느낀다. 반면 구속만 빠르고 체감 구속이 낮으면 타자들은 망설임 없이 방망이를 휘두른다.

"93마일이면 150㎞/h에 육박한다는 소리잖아요. 그건 좀 과장인데요?"

안정만이 스티브의 주장에 이의를 제기했다. 체감 구속이 150㎞/h대라면 초속도 그에 견줄 만큼 나와 줘야 한다. 하지만 스피드 건으로 추정한 한정훈의 초속은 143㎞/h 전후다. 한정훈을 좋게 보는 건 알겠지만 평가는 냉정할 필요가 있었다.

"존만이 말이 맞아. 정정할게. 91마일 정도로."

스티브가 냉큼 말을 바꿨다. 안정만은 메이저리그에서도 인정받는 정보 분석가다. 한때 양키즈의 스카우터로 활동했다지만 각종 정보와 이론들을 꿰고 있는 안정만을 상대로 이길 자신은 없었다.

그러면서도 스티브는 계속해서 한정훈의 공을 추켜세웠다. 마치 지금 계약해야 할 건 조찬수가 아니라 한정훈이라고 강조하듯 말이다.

"91마일이라."

김동팔이 나직이 중얼거렸다. 그가 눈앞의 백인 사내를 한국까지 데려온 건 유머 코드가 맞아서가 아니었다. 메이저리그 스카우터 출신답게 선수를 보는 눈이 남다르기 때문이었다.

기록을 중요시하는 안정만과는 달리 스티브는 다년간 현장에서 뛴 감을 우선으로 내세웠다. 그가 주로 강조하는 건 성장 가능성. 이 선수가 대성한다면, 이라는 가정을 통해 선수의 가치를 평가했다.

선수를 평가할 때 김동팔은 두 사람의 의견을 모두 들어 보았다. 물론 비과학적인 스티브의 감보다는 안정만의 데이터를 더 신뢰했다. 하지만 스티브의 감을 절대 무시하지 않았다.

안정만의 데이터 80퍼센트.
스티브의 견해 10퍼센트.
그리고 자신이 본 상품 가치 10퍼센트.

이 모든 걸 더해 에이전트 김동팔, 아니, 제임스 킴 코퍼레이션의 공식적인 선수 평가 결과로 삼는 것이다.

다른 때 같았다면 스티브는 안정만의 말이 끝나길 기다렸을 것이다. 안정만의 데이터적인 분석에 스카우터로서의 의견 한두 마디를 덧붙이는 걸로 자신의 역할을 다했을 것이다.

하지만 이번엔 달랐다. 마치 대단한 선수라도 발견한 것처럼 먼저 호들갑을 떨어 댔다. 안정만의 앞에서 종속이네 체감 속도네 떠들면서 말이다.

그 이유야 뻔했다.

"야구는 데이터가 전부가 아냐. 데이터만 보면 정말 중요한 걸 놓칠지도 몰라."

질펀하게 술에 취할 때마다 떠들어 대던 그 말을 김동팔과 안정만에게 하고 싶은 것이다.

정말 좋은 원석을 발견할 때마다 스티브는 한껏 들떠 있었다. 그리고 자신이 발견한 원석이 나중에 어마어마한 보석이 될 것이라며 침을 튀겼다.

하지만 애석하게도 김동팔은 뼛속부터 에이전트다. 그리고 그가 원하는 건 잘 갈고닦으면 보석이 될지도 모를 원석 따위가 아니었다. 구매자들의 눈을 현혹시킬 정도는 되는 보석이었다.

"네 생각은 어때?"

김동팔이 안정만의 의견을 구했다. 그러자 안정만이 떨떠름한 표정을 지었다.

선수 평가는 데이터가 먼저 나오고 그다음에 사견이 오가는 편이 나았다. 사견이 나왔는데 데이터를 들먹이면 자칫 감정의 골이 생길 수 있었다.

"일단 오늘 던진 결과만 놓고 보자면 나쁘진 않다고 생각합니다."

안정만이 스티브의 입장을 고려해 대답했다. 그러나 김동팔은 이런 뻔한 소리나 들으려고 안정만에게 비싼 월급을 주는 게 아니었다.

"그딴 소리 할 거면 짐 싸서 미국으로 돌아가."

김동팔이 짜증스럽게 말했다. 그러자 안정만이 무겁게 한숨을 내쉬며 말을 이었다.

"후우……. 솔직히 말씀드리면 구속이 평범하고 구종이 단조롭습니다. 패스트볼이 좋다지만 빨라야 140km/h대 중반이니까요. 그 정도로 메이저에서 통하긴 어려울 겁니다."

안정만 역시 스티브가 초속이 아닌 종속을 찍어 온 이유를 알고 있었다. 한정훈의 초속이 생각만큼 나오지 않으니까 일부러 패스트볼의 종속을 찍으며 어필하려는 속셈인 게 뻔했다. 고작 이런 공을 던져 마이크를 헛방망이질 하게 만들었다고 말이다.

그러면서 체감 구속이라는 말도 덧붙였다. 스피드 건에 찍힌 구속이 전부가 아니야. 마이크는 실제로 더 대단한 공을 상대한 거야라고 말하고 싶은 것이다.

안정만도 한정훈의 공이 좋다는 점은 인정했다. 공이 뻗어 오르는 느낌이다 보니 마이크가 타석에서 느끼는 구속도 한

층 더 빨랐을 것이라고 판단했다.

하지만 그렇다고 해서 한정훈의 구속이 150㎞/h에 미치지 못한다는 사실은 변하지 않는다.

"헤이! 헤이! 존만! 이 영상을 봐! 이건 물건이라고!"

스티브가 답답하다며 카메라를 들어 올렸다. 그 속에는 무시무시한 마이크의 스윙을 꿰뚫어버리는 한정훈의 패스트볼이 담겨 있었다.

그러나 안정만의 평가는 달라지지 않았다.

"그래 봐야 메이저리그에서는 평범한 패스트볼입니다."

그 한마디로 스티브의 주장을 일축해 버렸다.

"그래, 평범한 패스트볼이지."

김동팔이 동의하듯 고개를 끄덕였다. 한정훈이 동승고등학교 타선을 요리하는 모습을 지켜보면서도 시큰둥했던 이유가 바로 거기에 있었다.

메이저리그로 콜업되는 유망주 투수들 대부분이 150㎞/h가 넘는 불같은 패스트볼을 가지고 있었다. 그것으로도 모자라 수준급 세컨드 피치까지 장착하는 경우가 많았다.

하지만 한정훈은 145㎞/h대의 포심 패스트볼 하나가 전부다. 불명확한 정보에 따르면 커브를 던질 수 있다고 하지만 경기에서 구사하지 않는 걸로 봐서는 수준 이하일 게 뻔했다.

그나마 김동팔이 잠시 흔들렸던 건 한정훈의 나이 때문이다.

한정훈은 이제 고등학교 1학년이다. 고등학교를 졸업할 때까지 아직 3년에 가까운 시간이 남아 있었다. 그 시간 동안 한정훈이 어떻게 변할지는 그 누구도 장담하기 어려웠다.

하지만 냉정하게 봤을 때 한정훈이 3년 안에 구속을 10㎞/h 이상 끌어올리고 세컨드 피치, 써드 피치를 수준급으로 갈고닦을 가능성은 트레이닝을 통해 조찬수의 제구력이 향상될 가능성보다 훨씬 낮았다.

조찬수는 지금도 150㎞/h 이상의 패스트볼을 던지며 커브와 슬라이더도 구사가 가능하다. 게다가 김동팔이 염두에 두고 있는 고교 야구 투수들은 조찬수만이 아니었다. 조찬수급으로 분류되는 선수만 열 명이 넘었고 조찬수 이상으로 평가받는 선수도 셋이나 되었다.

거기에 대학 야구에서 활약 중인 투수들까지 더한다면 한정훈의 우선순위는 저만치 밀리고 만다. 그것도 불확실하기만 한, 가능성이라는 점수를 퍼줘서 말이다.

"아직까지는, 한국 고교 야구의 유망주일 뿐이야."

김동팔이 한정훈에 대한 최종 평가를 내렸다. 유망주는 유망주인데 고교 야구 수준이다. 그것도 한국이라는 대전제가 걸렸다.

"말도 안 돼! 마이크도 삼진을 당했잖아?"

스티브가 마이크를 끌어들였다. 좋은 체격에 탈아시아급

장타력을 보유한 마이크를 삼진으로 잡은 게 바로 한정훈이다. 그를 형편없게 평가한다면 제임스 킴 코퍼레이션을 돈방석에 앉혀 줄 거라 기대하고 있는 마이크 역시 형편없어지고 마는 것이다.

"스티브, 지금 그런 이야기가 아니잖아요."

안정만이 답답하다며 끼어들었다. 데이터적인 관점에서 봤을 때 한정훈과 마이크가 대결한 조금 전 한 타석은 큰 의미가 없었다. 뭔가 의미를 가지려면 두 사람이 최소 열 번 이상 대결한 결과가 필요했다.

그러나 스티브도 막무가내였다.

"또팔! 아니, 제임스! 이대로 저 친구를 놓치면 아마 평생 후회할 거야. 절대 큰돈을 벌지 못할 거라고!"

평소 잘 하지도 않는 악담까지 퍼부으며 김동팔의 마음을 돌리려 애썼다.

"후우…… 좋아, 스티브. 그럼 이렇게 하자. 마이크가 다음 타석에서도 안타를 쳐내지 못하면 저 녀석과의 계약을 진지하게 고려해 볼게. 하지만 마이크가 안타를 친다면, 내가 보는 앞에서 마이크에게 사과하도록 해. 알았어?"

고심하던 김동팔이 타협안을 제시했다. 마음은 이미 안정만 쪽으로 기울었지만 그렇다고 오랜 설득 끝에 데려온 전직 양키즈의 스카우터, 스티브의 의견을 이대로 묵살할 수도 없는 노릇이었다.

"오케이, 좋은 생각이야."

스티브도 군말 없이 고개를 끄덕거렸다. 그 모습이 마치 다음 타석에서도 마이크가 삼진을 당할 것이라고 확신하는 것 같았다.

그러나 김동팔도 아무런 대책 없이 마이크의 다음 타석에 내기를 건 게 아니었다.

"어떻게 하시려고요?"

안정만이 김동팔을 바라보며 물었다.

"어떻게 하긴. 스윙을 작게 하라고 지시해야지."

김동팔이 대수롭지 않게 말했다. 마이크가 한정훈의 공을 제대로 맞춰 내지 못한 가장 큰 이유를 스윙의 궤적 차이라고 판단한 것이다.

현재 마이크의 스윙은 어퍼 스윙이었다. 낮은 공도 퍼 올리는 골프 스윙 정도까진 아니지만 방망이가 돌아 나오는 데 시간이 걸렸다. 그 스윙을 레벨 스윙 수준으로 간결하게 끌어낸다면 한정훈의 공도 충분히 공략이 가능했다.

"어차피 저 녀석은 패스트볼뿐이니까. 진짜 라이징 패스트볼을 던지는 것도 아니고 말이야."

김동팔이 다시 한 번 한정훈을 깎아내렸다. 일반적인 패스트볼보다 낙폭이 적어 타격 지점에서 솟아오르는 것 같은 느낌을 주는 공들을 편하게 라이징 패스트볼이라 표현하고 있지만 실제로 공이 떠오르는 건 결코 아니었다.

게다가 고작 패스트볼 하나만 믿고 까부는 투수는 마이크의 적수가 되기 어려웠다. 전 타석에서 수모를 당했으니 마이크도 마음가짐이 달라졌을 터. 그렇다면 승부는 보나마나였다.

하지만 안정만이 물어본 건 마운드에 선 한정훈의 공략법이 아니었다.

"그건 마이크가 타석에 들어설 수 있을 때 고민해도 늦지 않을 것 같은데요."

"음? 그건 또 무슨 소리야?"

"마이크는 7회 초 선두 타자로 나왔고 지금 막 8회 초가 끝났거든요."

"……!"

뒤늦게 뭔가를 알아챈 김동팔이 눈을 번쩍 떴다. 7회 초 선두 타자로 나온 마이크가 9회 초에 다시 타석에 들어가기 위해서는 중간에 한 타자라도 루상에 나가 있어야 했다. 하지만 한정훈은 7회에 이어 8회도 삼자 범퇴로 막아냈다.

만약 이 기세가 9회까지 이어진다면? 단단히 독이 오른 마이크는 타석에 서 보지도 못하고 경기가 끝나고 말 것이다.

그렇다고 양 팀 감독을 찾아가 경기 조작을 요구할 수도 없는 노릇이었다. 메이저리그를 들락거리던 에이전트가 자신이 키우는 선수를 위해 경기에 개입했다는 소식이 알려지기라도 한다면 이 바닥에서 얼굴 들고 다니기 어려워질 것이다.

"출루할 가능성은 없는 건가?"

김동팔이 안지만을 바라봤다. 안정만의 데이터 속에 뭔가 해결책이 있을지도 몰랐다.

그러나 안지만의 표정은 시큰둥했다.

"1번 타자부터 시작이긴 한데 후보 선수라서요."

"그래도 한 번 상대했으니까 뭐라도 하지 않을까?"

"뭐 첫 타석에서 초구에 땅볼을 치긴 했습니다. 쳤다기보다는 체크 스윙 과정에서 공이 맞아준 거지만요."

"젠장! 그다음 타자는?"

"2번, 3번 모두 삼진이요."

"빌어먹을!"

김동팔이 이맛살을 찌푸렸다. 이번 이닝에서 한정훈의 구위가 급격하게 떨어지지 않는 한 상위 타선에서의 출루는 어려워 보였다.

"마이크의 타석이 돌아오지 않아도 무승부잖아요."

안정만이 상관없지 않느냐는 얼굴로 김동팔을 바라봤다. 김동팔과 스티브의 내기는 마이크가 타석에 들어설 때야 이루어지는 것이다. 한정훈의 역투 때문에 마이크에게 두 번째 기회가 찾아오지 않는다고 해서 내기에 진 것처럼 굴 필요는 없어 보였다.

그러나 김동팔의 생각은 달랐다.

"아니야. 스티브가 내기를 걸었다면 모르겠지만 이건 내가 먼저 제안한 거잖아."

김동팔은 제임스 킴 코퍼레이션의 수장이다. 당연히 그의 말은 다른 이들의 말과 무게감이 달랐다. 만약 이대로 내기가 성사되지 않는다면, 제임스 킴 코퍼레이션의 수장이자 발언자로서 책임을 지고 스티브의 뜻을 받아줘야 하는 일이 생기게 될 것이다.

"후우……."

김동팔의 입에서 무거운 한숨이 흘러 나왔다. 그런 김동팔이 조금은 안쓰러웠을까.

"그래도 혹시 모르죠. 후보 선수라고 해도 이 타자, 작년에 출루율이 제법 높았으니까요."

안지만이 벌써 포기하는 건 이르다며 태블릿을 내밀었다.

태블릿 화면 위에는 1번 타자의 작년도 성적이 펼쳐져 있었다.

방민구(2학년 -SS/2B/3B).

시합수-6 / 타율 0.091 / 출루율 0.375 / 장타율 0.091 / 타석-16

/ 타수-11 / 안타-1 / 볼넷-1 / 사사구-4 / 타점-0 / 득점-6 / 도루-2
/ 삼진-2.

누가 후보 선수 아니랄까 봐 방민구의 경기 결과는 형편없
었다. 11타수 1안타. 게다가 1안타도 단타였다.

1할에도 미치지 못하는 타율과 장타율로는 고교 야구에서
살아남기 어려워 보였다. 하지만 세부 기록을 들여다보면 답
이 없어 보이던 방민구의 활용법이 드러났다.

기록만 놓고 봤을 때 삼진은 2개뿐이다. 10번의 아웃 카운
트 중에 8번은 범타로 물러났으니 선구안이 나쁜 건 아닌 모
양이었다.

게다가 출루율은 3할 7푼 5리다. 안타 하나를 때리는 동안
5개의 사사구를 얻어냈다. 그리고 그중에 4개는 몸에 맞는
볼이다.

더 재미있는 건 득점. 놀랍게도 방민구는 출루만 하면 무
조건 홈에 들어왔다. 물론 우연의 일치일수도 있겠지만 에이
전트인 김동팔은 다르게 봤다.

루상에 나가면 투수를 집요하게 괴롭히며 타자들의 타격
성공 확률을 높여 주는 선수. 한 점이 중요한 승부처에서 팀
에 꼭 필요한 지능적이고 헌신적인 선수.

'이 녀석이 몸에 맞아서라도 나가 준다면……!'

김동팔이 눈을 빛냈다. 그렇게만 된다면 경기는 지금보다 훨씬 더 흥미진진해질 것 같았다.

그런 김동팔의 바람이 하늘에 닿은 것일까.

"맞았어요! 맞았다니까요?"

9회 초 동승고등학교의 공격이 시작되기가 무섭게 한바탕 소란이 벌어졌다.

선두 타자로 나온 방민구는 자신의 야구복 상의를 내밀며 소리쳤다. 회색빛 상의에는 희미하게나마 공이 스쳐 간 흔적이 남아 있었다.

이 정도면 심판도 출루를 지시해야 옳았다. 하지만 심판은 데드볼 상황에서 좀처럼 결정을 내리지 못했다. 방민구의 길게 늘어뜨린 야구복 상의가 문제였다.

분명 방민구는 상의를 늘어뜨린 채로 타석에 바짝 붙어 섰다가 몸 쪽 공이 날아오자 피하는 척하며 가슴을 밀어 넣었다. 그 과정에서 공이 스쳤으니 고의로 공을 맞았다고 해도 할 말은 없었다.

만약 자신이 프로 야구 주심이고 이 경기가 프로 야구 경기였다면 단번에 볼을 선언했을 것이다. 그 판정에 항의하는 감독이나 코치는 단번에 퇴장시켜 버리면 그만이었다.

하지만 고교 야구의 연습 경기에서 그렇게까지 깐깐하게

판정을 내리기란 어려웠다.

'어쩐다.'

고심하던 심판의 시선이 마운드 쪽으로 향했다. 그걸 느낀 것일까.

"죄송합니다."

한정훈이 가볍게 모자를 벗고는 고개를 숙였다. 마치 데드 볼을 던졌다는 걸 인정이라도 하는 것처럼 말이다.

심판은 한결 가벼운 마음으로 1루를 가리켰다.

"맞았다니까 그러시네."

계획대로 출루에 성공한 방민구가 실실 웃어 댔다.

'이 새끼, 어린놈이 공 좀 던진다고 까불었지?'

1루에 안착한 방민구가 한정훈을 노려봤다. 이제 막 1학년 이 된 투수 한 명에게 동승고등학교가 농락을 당한 걸 생각 하면 이 정도로 봐줄 생각이 없었다.

'마운드에서 질질 싸게 만들어주마.'

한 발. 다시 한 발. 천천히 거리를 벌리는 방민구의 눈매 가 매섭게 빛났다.

하지만 방민구는 알지 못했다. 1루로 나가는 자신을 바라 보며 한정훈이 묘한 미소를 짓고 있었다는 사실을 말이다.

6장
투수의 자격

1

"좋았어!"

"나이스 플레이!"

방민구가 출루하자 동승고등학교 더그아웃이 들썩거렸다. 반면 동명고등학교의 더그아웃은 소란스러워졌다. 잘 던지던 한정훈이 초구에 몸에 맞는 공으로 주자를 내보냈으니 왠지 위기 상황처럼 느껴진 것이다.

"정훈이 녀석, 좀 피곤한가?"

스냅 볼을 만지작거리던 조찬수가 혼잣말처럼 중얼거렸다. 그러자 옆에 있던 권승헌이 동의하듯 고개를 끄덕였다.

"확실히 살짝 공이 빠지는 느낌이긴 했어."

구원 등판한 이후로 한정훈이 타자의 몸 쪽을 자주 공략하긴 했지만 방민구에게 던진 초구처럼 스트라이크 존을 크게 벗어나는 공은 없었다. 의도한 코스였는데 운이 나빴다면 다행이겠지만 만약 악력이 떨어진 것이라면 이번 이닝을 막는 게 쉽지 않을 것 같았다.

"그래도 이만큼 한 게 어디야."

"그럼. 이제 봄이니까 여름 되면 더 좋아지겠지."

솔직히 신입생이 이 정도로 던진 것만으로도 칭찬받아 마땅했다. 여기서 한두 점 내준다 하더라도 한정훈이 보여 준 투수로서의 가치는 크게 달라지지 않을 터였다.

하지만 차기혁은 한정훈이 완벽하게 경기를 마무리 짓길 바랐다.

"나는 믿을 거야. 정훈이 믿을 거야."

1선발인 조찬수와 2선발 권승헌에 비해 3선발 차기혁은 입지가 불안한 편이었다. 말이 좋아 3선발이지 고교 대회에서 3선발이 두각을 드러내는 경우는 극히 드물었다. 특히나 동명고등학교처럼 뒤를 받쳐 줄 투수 자원이 부족할 경우 3선발은 제1계투로 활용되는 경우가 많았다.

그래서 차기혁은 내심 한정훈이 빨리 성장해 주길 바랐다. 1학년인 만큼 당장 선발은 무리겠지만 자신을 대신해 동명고등학교의 제1계투이자 든든한 마무리투수가 되어주길 바랐다.

그리고 그 바람이 이루어지기 위해서라도 이 정도 위기에 흔들려서는 안 된다.

'정훈아! 제발! 깔끔하게 막자. 응?'

차기혁의 부담스러울 만큼 간절한 시선이 한정훈에게 향했다. 그러나 정작 한정훈은 더그아웃을 살필 겨를이 없었다. 갑작스럽게 찾아온 피로감 때문이었다.

"후우……."

로진백을 툭툭 털며 한정훈이 무겁게 한숨을 내쉬었다. 중학교 시절 대부분을 선발로 던져 왔으니 이 정도쯤은 가뿐할 거라 여겼는데 8회부터 어깨가 조금씩 뻐근해지고 있었다.

지금까지 투구 수는 40개. 4이닝을 마쳤으니 이닝당 10개 꼴이다. 13타자를 상대로 타자당 3.08개의 공을 던졌고 10개의 탈삼진을 잡았다. 이 정도면 경기를 지배하고 있다고 평해도 자만이 아니었다.

한정훈의 야구 경력을 통틀어 오늘처럼 공이 잘 들어가는 경기는 없다시피 했다. 소위 긁히는 날에도 이 정도까진 아니었다. 그렇다면 더 신이 나서 공을 던져야 하는데 이상하리만치 공이 무거워지고 있었다. 누군가 공을 돌덩어리로 바꿔치기라도 한 것처럼 말이다.

'심리적인 피로감인가.'

한정훈이 천천히 몸을 일으켰다. 고등학교 시절로 돌아왔으니 공 40개 던졌다고 부하가 걸릴 몸은 아니다. 그런데도 피곤한 걸 보면 왠지 심리적인 문제 같았다.

프로 생활을 마무리하는 시간 동안 한정훈은 불펜 투수로 활약해 왔다. 마무리에서 필승조, 그리고 추격조라 불리는 패전 처리까지. 감독이 부르면 언제든 마운드에 올랐지만 그 시절에도 3이닝 이상 던진 적은 거의 없었다.

투구 수도 마찬가지. 많아야 30개, 평균 20개 전후였다. 그런데 벌써 투구 수가 40개다.

평균 이닝도 초과. 평균 투구 수도 초과.

게다가 투심 패스트볼만 주구장창 던져 댔다. 한 가지 구종만으로 타자들의 눈을 피해 이곳저곳 공을 찔러 넣어야 하니 정신적인 피로감도 적잖을 터였다.

하지만 이유가 어떻든 마운드에 선 이상 빌빌거리고 싶진 않았다. 고작 이 정도로 힘들어 한다면 이 시기로 돌아올 이유가 전혀 없었다.

그때였다.

"타임."

한정훈의 이상을 알아챈 듯 이만호가 냉큼 마운드 쪽으로 걸어왔다.

"됐어. 괜찮아."

한정훈이 글러브를 까닥거렸다. 지금의 피로도는 정신적인 문제다. 이만호가 와서 위로해 준다고 한들 달라지는 건 없었다.

하지만 이만호는 꼭 할 말이라도 있는 것처럼 기어코 한정훈의 코앞까지 다가왔다.

"아까 타석에서 내가 좀 더 공을 봤어야 했는데 미안하다."

이만호가 미트로 입을 가리며 말했다. 빈말은 아닌 듯 포수 마스크 너머로 보이는 이만호의 눈에는 자책의 감정이 가득 담겨 있었다.

"괜찮아. 신경 쓰지 마."

한정훈이 대수롭지 않게 말했다. 하지만 이만호는 도저히 태연할 수가 없었다.

한정훈의 어깨가 뻐근해진 이유 속에는 지나치게 짧은 동승고등학교의 공격 시간도 포함되어 있었다. 투수는 호투를 이어갈수록 피로가 누적될 수밖에 없었다.

누적된 어깨의 피로를 풀기 위해서는 어느 정도 휴식 시간이 필요한데 타석에 서는 동명고등학교 타자마자 초구나 2구를 건드려 죽어버리니 쉴 시간이 없었다. 타자가 출루해도 그다음 타자가 기다렸다는 듯이 병살을 쳐버렸다. 덕분에 한정훈은 더그아웃에 앉기가 무섭게 다시 글러브를 주워 들어야만 했다.

그러나 정작 한정훈은 타자들의 지나치게 적극적인 타격을 탓하고 싶지 않았다. 연습 경기라 해도 감독의 눈에 들어야 하는 후보 선수들이다. 그들이 최선을 다해 죽었다면 그 결과는 받아들일 수밖에 없었다.

설사 세 명의 타자가 초구만 치다 죽더라도 마운드에 올라야 하는 게 투수의 숙명이다. 그게 싫다면 애당초 투수가 되지 말았어야 했다.

"내 공은 어때?"

한정훈이 화제를 바꿨다. 만약 지금의 이 상황에 대해 누군가에게 책임을 물어야 한다면 한정훈은 자신의 탓으로 돌리고 싶었다.

그러자 이만호가 대답 대신 엄지손가락을 들어 올렸다. 그 표정을 보니 한정훈을 격려하기 위한 말은 아닌 것 같았다.

"조금 전 공은 신경 쓰지 마. 몸 쪽에서 좀 빠지는 높은 공을 주문한 건 나고 넌 거기에 정확하게 던진 것뿐이야."

"그래?"

"그리고 솔직히 말하자면 저 녀석의 상의가 하도 거슬려서 그 공을 받은 다음에 심판에게 항의할 생각이었어. 그런데 저 녀석이 먼저 선수를 친 거지. 결국 내 탓이야. 그러니까 절대로 쓸데없는 생각 하지 마. 네 공은 여전히 최고니까."

이만호가 한정훈의 어깨를 두드렸다. 자연스럽게 한정훈의 입가로 웃음이 번졌다. 같은 1학년인데도 투수의 마음을 잘 헤아리는 게 꼭 프로 경력만 20년이 넘는 베테랑 투수를 보는 것 같았다.

게다가 이만호는 단순히 위로만 하는 게 아니다. 공은 여전히 좋다는 명확한 사실도 알려 주었다.

공의 위력에 변화가 없다면 어깨에 느끼는 부담감은 환상일지도 몰랐다. 투구 수 30개에 익숙해진 정신력이 스스로 정한 한계 투구 수를 넘기자 무리를 하고 있다며 육체를 압박하는 것일지도 몰랐다.

'하아, 형편없군.'

한정훈이 고개를 흔들어 댔다. 몸은 고등학생인데 정신력은 은퇴 직전의 퇴물 투수라니. 그저 한숨만 흘러 나왔다.

그러나 정작 한정훈의 어깨가 뻐근한 이유는 따로 있었다.

"그래도 너무 무리는 하지 마. 너 이틀 전에도 80개 넘게 던졌잖아."

"……!"

순간 한정훈이 눈이 화등잔만 하게 커졌다. 멍청하게도 바로 이틀 전에 자체 청백전이 있었다는 사실을 까맣게 잊고 있었던 것이다.

한정훈의 의식은 썬더즈 코치에서 잘린 시점에서 과거로

회귀해 오늘로 이어져 있었다. 그러나 몸은 달랐다. 육체는 이틀 전 청백전에서 6이닝을 책임진 그때의 몸 상태였다.

비록 청백전이라곤 해도 한정훈은 경기에서 최선을 다해 공을 던졌다. 청팀에 이겨 주전 자리를 꿰차겠다는 욕심 때문이었다.

그 고생을 해서 이겼다면 아마 피로는 빨리 풀렸을지 몰랐다. 그러나 마지막 이닝에서 박경철의 농간으로 점수를 내주면서 팀은 끝내 패배하고 말았다.

그뿐인가. 흥분을 참지 못하고 박경철에게 따지는 과정에서 허세명 감독의 눈 밖에까지 나 버렸다. 육체적인 피로에 정신적인 허탈함, 거기에 심리적인 박탈감까지 더해졌으니 몸도 마음도 지쳐 있을 수밖에 없었다.

무엇보다 청백전에서 80개가 넘는 공을 던졌다고 한다. 프로였다면 최소 나흘은 휴식을 보장받아야 하는 어깨 상태로 마운드에 올라 온 것이다.

물론 한창 때인 고등학생의 회복 능력이란 어마어마했다. 그저 잘 먹고 푹 자면 이틀 쉬고 마운드에 올라도 공을 던질 수는 있었다.

하지만 그것도 몸 상태를 의식하며 요령껏 투구한다는 전제가 따랐다. 80개가 넘는 공을 던져 놓고 이틀 만에 마운드에 올라 또다시 전력투구를 이어간다면 그 누구라도 탈이 날 수밖에 없었다.

'내가 멍청했던 거네.'

한정훈은 쓴웃음이 났다. 이틀 전에 80개를 던졌다는 사실을 자각했다면 이 정도로 무리하지는 않았을 것이다.

한편으로는 투수들의 투구 수 관리조차 하지 못하는 허세 명 감독에게 짜증이 났다. 지금까지 고교 감독을 전전하며 몇몇 투수의 어깨를 작살냈다던 소문이 나돌았는데 하는 걸 보면 거짓은 아닌 모양이었다.

"후우……."

한정훈이 길게 한숨을 내쉬었다. 이틀 전에 80개가 넘는 공을 던졌다고 생각하니 괜히 더 피곤해지는 것 같았다. 그러나 마음은 한결 가벼워졌다. 어깨가 묵직해진 이유를 확실히 파악했기 때문이다.

단순히 정신력이 약해져서가 아니었다.

과거로 돌아온 후유증은 더더욱 아니었다.

그냥 연투로 인한 피로였다. 그리고 그건 당연한 증상이었다.

"앞으로 10구 이내에 끝내야겠어."

한정훈은 몸 상태에 맞춰 투구 계획을 다시 세웠다. 10구를 더 던져도 50구다. 그 이상을 던진다면 어깨 상태가 뻐근함 정도로 끝나지 않을 것 같았다.

"일단 숨 좀 고르자."

어깨를 살짝 늘어뜨리며 한정훈이 1루 쪽을 바라봤다. 그러자 방민구가 기다렸다는 듯이 발바닥을 비벼댔다. 투수의 심기를 건드리듯 말이다.

그러나 한정훈은 피식 웃고 말았다. 프로에서 16년을 버텨온 그에게 방민구의 도발은 그저 가소롭기만 했다.

한정훈이 모자를 벗고 히트 바이 피치드 볼(Hit by Pitched ball)을 인정한 건 공이 손에서 빠졌다고 생각해서였다. 이만호가 몸 쪽 빠지는 공을 주문하긴 했지만 조금만 공 끝을 챘다면 야구복에도 스치지 않을 수 있었다.

결과만 놓고 보자면 실투였다. 완벽한 제구력을 갖춘 투수라 해도 40구쯤 던지면 실투가 한두 개쯤 나오게 마련이니 한정훈도 크게 신경 쓰지 않았다.

9회 초. 점수는 여전히 5점 차이다. 선발로 나온 것도 아니고 구원 등판이니 퍼펙트게임이나 노히트 노런 같은 대기록이 깨진 상황도 아니었다.

게다가 한정훈은 루상에 주자가 나가 있는 게 익숙했다. 무사 주자 만루 상황에서 구원 등판했으니 무사 1루쯤은 아무것도 아니었다.

하지만 동승고등학교는 마치 대단한 기회라도 잡은 것처럼 호들갑을 떨고 있었다.

무리하게 리드 폭을 넓히는 방민구.

번트를 댈 것처럼 방망이를 짧게 잡은 타자.

'날 호구로 보고 있네.'

한정훈은 쓴웃음이 났다. 다른 이들의 눈에는 고등학교에
막 올라온 새내기 투수라는 걸 모르는 건 아니지만 이런 식
으로 얕잡아 보이는 건 딱 질색이었다.

'보나마나 세트 포지션에 기대를 거는 모양인데.'

한정훈이 눈매를 굳혔다. 프로 투수도 와인드업 포지션으
로 던질 때와 세트 포지션으로 던질 때 구속과 구위, 제구에
차이가 나게 마련이다. 하물며 아마추어 선수들은 그 차이가
더 심할 터. 아마 동승고등학교 더그아웃에서도 자신이 더
이상 위력적인 포심 패스트볼을 던지지 못할 것이라고 판단
한 게 틀림없었다.

물론 한정훈도 세트 포지션에서 조금 전과 같은 포심 패스
트볼을 던질 자신은 없었다. 조금 더 무리를 한다면 엇비슷
하게 던질 수는 있겠지만 어깨 상태를 감안하면 좋은 선택은
아니었다.

그렇다고 동승고등학교의 바람대로 흔들려 줄 생각은 눈
곱만큼도 없었다.

'2루로 뛰려고? 어디 한 번 해봐.'

세트 포지션 상태에서 포수 쪽을 바라보던 한정훈이 재빨

리 몸을 돌렸다. 그러자 슬그머니 보폭을 늘리던 방민구가 다급히 1루 쪽으로 몸을 움직였다.

촤라랏!

흙먼지를 일으키며 방민구가 재빨리 1루 베이스를 잡았다.

타이밍으로는 귀루가 조금만 늦었어도 아웃이 될 상황이었다. 하지만 정작 한정훈의 견제구는 느긋하게 1루수의 글러브 속으로 들어왔다.

"세이프."

한참이나 늦은 1루심의 콜에 방민구가 이맛살을 찌푸렸다. 고교 투수 대부분의 견제 능력이 떨어진다고는 하지만 주자가 귀루한 뒤에나 들어오는 견제구는 견제구가 아니었다.

'괜히 빨리 뛰었네.'

가슴에 묻은 흙을 털어낸 뒤 방민구는 다시 리드 폭을 벌렸다.

한 걸음, 또 한 걸음, 다시 한 걸음.

그리고 또다시 리드 폭을 가져가려는 순간, 한정훈이 다시 1루 쪽으로 몸을 돌렸다.

"젠장!"

방민구는 있는 힘껏 1루로 몸을 날렸다. 설마하니 연속에서 견제구가 날아올 줄은 생각도 못 한 얼굴이었다.

그러나 이번에도 한정훈의 견제구는 느긋하게 1루수의 글러브 속으로 들어왔다. 부리나케 귀루한 방민구를 놀리듯 말이다.

"세이프."

1루심이 두 팔을 벌렸다. 그 모습을 올려다보던 방민구가 질근 입술을 깨물었다.

'시팔, 엿 같네.'

방민구가 신경질적으로 몸을 일으켰다. 세트 포지션에서 견제로 이어지는 동작은 간결한데 정작 견제구는 느리게 날아왔다. 애당초 자신을 잡을 생각 자체가 없는 것처럼 말이다.

'그럴 거면 뭐하러 견제를 해?'

방민구가 흙과 함께 짜증을 털어 냈다. 한정훈의 느릿한 견제구 때문에 괜히 자신만 호들갑을 떤 꼴이 되고 말았다.

하지만 덕분에 한정훈의 견제 능력이 떨어진다는 사실을 알았으니 손해만 본 건 아니었다.

'게다가 견제구를 두 개나 던졌으니까…….'

한정훈이 세트 포지션을 취하자 방민구가 다시 공격적으로 리드 폭을 벌렸다.

한 걸음, 또 한 걸음, 다시 한 걸음, 그리고…… 다시 한 걸음!

방민구가 크게 숨을 들이켰다. 리드 폭이 과하긴 했지만 한정훈의 견제구가 빠르지 않으니 별문제 없을 것이라고 여졌다.

그때였다. 갑자기 몸을 돌린 한정훈이 있는 힘껏 1루를 향해 견제구를 내던졌다.

"이런 시팔!"

방민구가 이를 악물고 1루로 몸을 날렸다. 이미 타이밍은 늦어버렸지만 그렇다고 토끼몰이를 당할 수는 없는 노릇이었다.

촤라랏!

흙먼지를 일으키며 방민구의 손끝이 1루 베이스를 파고들었다. 젖 먹던 힘까지 다했지만 방민구는 반쯤 포기한 상태였다. 그런데…….

"세이프!"

예상했던 것과는 달리 1루수의 태그가 늦었다. 한정훈의 견제구가 높게 온 것이다.

"나이스 견제!"

1루수가 공을 돌려주며 소리쳤다. 그 응원 소리에 화답하듯 한정훈이 엄지손가락을 들어 올렸다.

하지만 그 액션이 방민구에게는 다르게 보였다.

'제법인데? 어디 또 리드해 봐. 다음번에는 제대로 보내줄 테니까.'

꿀꺽.

방민구가 마른침을 삼켰다. 앞선 두 번의 느린 견제구는
둘째 치고 방금 전 높은 견제구도 일부러 던졌다는 생각이
든 것이다.

'짜식, 진즉에 그럴 것이지.'

리드 폭이 반 토막 난 방민구를 흘겨보며 한정훈이 씩 웃
었다. 방민구가 또다시 까불면 이번에는 정말로 죽여 버릴
(?) 생각이었는데 그럴 필요가 없을 것 같았다.

프로에 있을 때도 한정훈의 주자 견제 능력은 최고 수준이
라는 평가가 많았다. 오죽했으면 썬더즈 구단에서 신입 투수
들에게 주자 견제 노하우를 전해 달라며 한정훈에게 특별히
부탁을 할 정도였다. 그런 한정훈 앞에서 방민구가 겁도 없
이 까불어댔으니 견제사를 당하지 않은 게 다행일 정도였다.

'일단 주자는 묶었으니까. 이제 번트를 처리해 볼까?'

눈으로 다시 한 번 방민구를 묶은 뒤 한정훈이 재빨리 포
심 패스트볼을 던졌다. 코스는 가운데 높은 공. 번트를 대기
에 딱 좋은 위치였다.

따악!

타석에서 자세를 낮추고 있던 타자도 침착하게 방망이 중
심 부분에 공을 맞췄다. 첫 타석에서 방망이에 맞추지도 못
하고 삼진을 당한 터라 감히 페이크 번트 앤드 슬러시(Fake
bunt and slush)는 생각조차 하지 못했다.

'됐다!'

1, 2루 간으로 흐르는 타구를 보며 타자가 속으로 쾌재를 내질렀다. 방민구 때문에 1루수의 대시가 늦었다. 이대로 1루수가 공을 잡는다 하더라도 방민구는 넉넉하게 살 것 같았다.

그러나 정작 번트 타구를 처리한 건 뒤늦게 달려 온 1루수도 허겁지겁 포수 마스크를 벗은 이만호도 아니었다.

바로 한정훈.

자신의 공에 위축되어 방망이로 코스를 알려 준 타자 덕분에 한발 먼저 번트 타구 쪽으로 대시할 수 있었던 것이다.

탑! 휘익!

번트 타구를 글러브로 포구한 뒤 한정훈이 곧장 2루를 향해 공을 내던졌다.

펑!

방민구가 슬라이딩을 시도하기도 전에 유격수의 글러브 속으로 공이 빨려 들어갔다.

"좋았어!"

한정훈이 주먹을 움켜쥐었다.

껄끄러웠던 선행 주자는 포스 아웃.

이제 1루로 공을 던지면 더블 플레이가 될 가능성이 높았다.

그런데…….

"아이고야……."

글러브에서 공을 뽑아들던 유격수가 1루에 공을 던지지 못했다. 아니, 던질 수가 없었다.

1루수를 대신해 1루 백업에 들어가야 하는 2루수가 제때 움직이지 못한 것이다.

쉽게 경기를 끝내려던 한정훈의 계획에 차질이 생겼다. 게다가 9회부터 2루수 자리에 들어온 건 하필 김선인이었다. 2루수를 보던 강한우가 장성민을 대신해 유격수로 포지션을 옮기면서 김선인이 대수비로 들어 온 것이다.

'연습 때는 그렇게 잘하더니…….'

하얗게 질린 김선인을 바라보며 한정훈이 쓴웃음을 지었다. 허세명 감독의 성격상 아마 당분간 김선인이 정식 경기에 출전하는 일은 없을 것 같았다.

2

"정훈아, 미안하다. 내가 선인이랑 사인을 맞췄어야 했는데."

강한우가 마운드까지 다가와 한정훈에게 공을 건넸다. 수비수들의 실책성 플레이로 인해 한정훈이 흔들릴까 봐 걱정한 모양이었다.

"괜찮아요. 이제 아웃 카운트 두 개 남았는데요. 뭘."

한정훈이 대수롭지 않게 웃어 넘겼다. 그러면서 슬쩍 김선인을 바라봤다. 차라리 김선인이 공을 들고 와서 씩 웃어 보였으면 어땠을까 하는 아쉬움이 들었다.

하지만 이제 1학년인 김선인이 실책 앞에서 태연해지길 바라는 건 무리였다.

"이번에는 땅볼을 유도할 테니까 잘 막아줘요."

한정훈이 강한우를 바라보며 말했다. 2번 타자를 병살로 잡겠다는 계획은 빗나갔지만, 아직 3번 타순에서 경기를 끝낼 기회는 남아 있었다.

"그래, 나한테 굴려라. 절대 안 놓칠 테니까."

강한우가 씩 웃으며 글러브로 한정훈의 엉덩이를 툭 하고 때렸다. 그러고는 자신의 자리로 돌아가 자세를 낮췄다.

후보 선수들로 교체된 내야에서 믿을 수 있는 건 강한우뿐이었다. 강한우 쪽으로 땅볼을 유도하고 김선인을 거쳐 더블 플레이를 완성시킨다면 김선인의 부담도 줄어들 것 같았다.

그런 한정훈의 속내를 읽기라도 한 것일까.

안쪽. 낮은 코스.

이만호가 포스 미트를 타자의 몸 쪽으로 움직였다.

한정훈은 가볍게 고개를 끄덕였다. 타석에 들어온 건 3번 타자다. 후보 선수라 해도 3번의 의미를 모르지는 않을 것이다. 게다가 번트 작전까지 실패했으니 좋은 공이 들어온다면 어떻게든 치려고 들 것이다.

"낮게 던져야 해."

혼잣말처럼 주문을 외우며 한정훈이 1루 쪽으로 눈을 움직였다. 방민구에게 던졌던 빠른 견제구 때문일까. 주자는 1루 베이스에 거의 붙은 채로 움직이지 않았다.

한정훈은 망설이지 않고 포수 미트를 향해 공을 던졌다.

후아앗!

유난히도 잘 채인 포심 패스트볼이 타자의 몸 쪽 낮은 코스로 파고들었다.

순간 타자의 눈동자가 번뜩였다. 첫 타석 때보다 한정훈의 패스트볼이 눈에 잘 들어온 것이다.

'몸 쪽!'

타자는 망설이지 않고 방망이를 내돌렸다. 3루 선상에 붙어 선 3루수 때문에 3유간이 넓어진 상황이었다. 빗맞더라도 코스가 좋으면 충분히 안타가 될 수 있었다.

하지만 제구된 몸 쪽 무릎 높이의 패스트볼을 완벽하게 받아치는 건 프로의 세계에서도 쉽지 않은 일이었다.

파각!

타자의 예상보다 한발 앞서 공이 홈 플레이트를 파고들었다. 타자가 이를 악물고 허리를 돌렸지만 공은 배트의 안쪽에 맞고 말았다.

타닥! 탁탁탁!

타구가 요란한 소리를 내며 3유간으로 흘렀다. 분명 먹힌 타구였지만 코스가 너무나 절묘했다. 3루선상에 붙은 3루수가 몸을 날리기엔 늦고 유격수가 잡기엔 멀어 보였다.

하지만 한정훈의 눈은 포기하지 않고 타구를 쫓았다. 다른 사람이라면 몰라도 수비 범위만큼은 고교 최정상급인 강한우라면 포구가 가능하리라 예상한 것이다.

아니나 다를까.

타다다닷!

마치 도베르만처럼 타구를 향해 내달리던 강한우가 역동작으로 타구를 건져 냈다. 그리고 군더더기 없는 완벽한 동작으로 2루를 향해 공을 던졌다.

퍼엉!

이번에는 제때 2루로 들어간 김선인의 글러브 속으로 공이 빨려 들어갔다. 한정훈의 보이지 않는 견제에 발이 묶여 있던 1루 주자는 포스 아웃. 이제 김선인이 1루로 공을 던지기만 하면 경기는 끝이었다. 그런데…….

"하아……."

김선인이 공을 빼내는 과정에서 서두르다 펌블을 해버렸

다. 그것으로도 모자라 뒤늦게 던진 송구가 주자와 겹치면서 1루수의 키를 완전히 넘겨 버렸다.

"뛰어! 뛰어!"

걸음이 느린 1루수가 공을 쫓아가는 사이 타자는 1루를 밟고 2루를 지나 악착같이 3루에 도착했다.

2사 주자 3루.

김선인의 연이은 실책으로 인해 동승고등학교의 득점권 찬스가 만들어져 버렸다.

그리고 타석에 들어선 건 마이크.

부웅! 부우웅!

녀석의 요란한 스윙 소리가 한정훈의 귓가에까지 울려 퍼졌다.

'또 저 녀석인가?'

한정훈이 살짝 미간을 찌푸렸다. 계획이 어긋나면서 마이크를 또다시 상대하게 된 것이다.

첫 타석에서 3구 삼진으로 잡긴 했지만 마이크의 곰 같은 체격과 호쾌한 스윙은 여전히 부담스러웠다. 그런 한정훈의 속마음을 읽기라도 한듯 이만호가 재빨리 마운드로 달려왔다.

"정훈아, 아직까진 공 좋아. 마이크를 깔끔하게 잡고 경기 끝내자."

이만호가 한정훈을 독려했다. 주자가 3루에 있는 상태지만 큰 문제는 없었다. 안타를 맞아도 한 점이고 마이크가 홈런을 치더라도 두 점이다. 아웃 카운트 하나 남은 상황에서 5점 차 리드가 뒤집힐 가능성은 낮았다.

"그래, 여기서 끝내자."

한정훈이 고개를 끄덕였다. 더그아웃에서 특별히 사인이 나온 건 없으니 정석대로 마이크를 상대하는 게 옳았다. 그리고 여기서 경기가 끝내야 김선인의 부담도 줄어들 터였다.

하지만 그렇다고 해서 무턱대고 승부할 마음은 없었다.

"그리고 만호야, 온 김에 사인 한 번 맞춰 보자."

한정훈이 이만호의 포수 프로텍터를 바짝 끌어당겼다. 그러자 이만호의 눈이 커졌다.

이 상황에서 사인을 맞춰 보자는 것.

그건 구종을 추가하겠다는 소리였다.

"야, 너 변화구는 잘…… 못 던지잖아!"

이만호가 터져 나오려는 목소리를 억지로 낮췄다. 포심 패스트볼이 잘 들어오고 있는데 갑자기 변화구를 던지겠다니. 한정훈이 무슨 생각을 하는지 이해가 가질 않았다.

게다가 한정훈의 변화구 구사 능력은…… 솔직히 말해 형편없었다. 던질 수 있는 변화구라고는 커브볼뿐인데 어찌나 밋밋한지 브레이킹 볼이라고 말하기에도 어려운 수준이었다.

"그냥 패스트볼로 승부하자! 아까도 헛스윙 삼진으로 잡아냈잖아?"

이만호가 한정훈을 설득했다. 실점 위기 상황에서 마이크를 상대한다지만 굳이 이럴 필요까진 없을 것 같았다.

그러나 한정훈의 생각은 달랐다.

"지금까지 포심 패스트볼만 던졌으니까 눈에 익었을 거야. 저 녀석, 분명 포심 패스트볼만 노릴 텐데 정직하게 던져 줄 필요는 없잖아. 안 그래?"

메이저리그 투수의 160㎞/h가 넘는 강속구라 하더라도 계속 보다 보면 눈에 익게 마련이다. 하물며 한정훈의 포심 패스트볼 구속은 140㎞/h 초중반에 불과했다. 그것도 30구가 넘어가는 시점부터 조금씩 구위가 떨어지고 있었다.

선두 타자로 나온 방민구가 몸에 맞는 볼로 출루할 수 있었던 건 공이 눈에 익었기 때문이다. 만약 공이 익숙해지지 않았다면 머리 쪽으로 날아드는 것 같은 공에 감히 가슴을 내미는 도박은 하지 못했을 것이다.

2번 타자가 번트를 대고 3번 타자가 땅볼을 친 것도 마찬가지였다. 세트 포지션에서 던지긴 했지만 5회부터 주구장창 던져 댄 포심 패스트볼에 적응하기 시작한 것이다.

그렇다면 타석에 들어선 마이크도 마찬가지일 것이다. 머릿속에 공의 궤적을 완벽하게 그려 놓고 타격에 임할 게 뻔했다.

그런 마이크를 상대로 정직하게 포심 패스트볼 승부를 하는 건 바보 같은 짓이었다. 설사 또다시 마이크를 삼진으로 잡아낸다고 해도 말이다.

하지만 이만호도 쉽게 물러서지 않았다.

"아직도 네 공은 좋다니까. 설마 지금까지 네 공을 받은 내 말을 못 믿는 거야?"

마이크뿐만 아니라 타석에 들어온 모든 타자가 한정훈의 포심 패스트볼을 노렸다. 그러나 그들 중 누구도 한정훈의 포심 패스트볼을 제대로 때려내지 못했다. 그런 좋은 공을 놔두고 쓸데없이 변화구를 던지는 건 시간 낭비고 체력 낭비 같았다.

"널 믿어! 못 칠 거야."

이만호가 단언하듯 말했다. 첫 타석에서 마이크는 한정훈의 공을 쫓기에 바빴다. 더그아웃에서 지켜봤다고 해도 쉽게 쳐내진 못할 터였다.

게다가 한정훈은 다시 와인드업 포지션에서 공을 던질 수 있게 됐다. 세트 포지션에서 던질 때보다 구위가 살아날 테니 상대가 마이크라고 해도 충분히 승산이 있었다.

"정말 그렇게 생각해?"

한정훈이 이만호를 바라봤다. 지금까지 수많은 포수를 상대했지만 이만호처럼 자신의 공을 믿어주는 투수는 없었다.

"당연하지. 절대 못 친다니까?"

이만호가 다시금 고개를 끄덕였다.

"그러다 맞으면?"

한정훈이 곧바로 되물었다. 그러자 두어 번 눈을 깜빡거리던 이만호가 조심스럽게 대답했다.

"그땐…… 내가 책임질게."

한정훈은 피식 웃었다. 주전 포수도 아니고 1학년 신입생 포수가 책임을 지겠다니. 그래 봐야 자신을 대신해 허세명 감독의 욕지거리를 듣는 게 전부일 게 뻔했다.

하지만 이만호의 호언장담이 싫진 않았다. 이 정도 각오라면 한 번쯤은 이만호의 말을 들어주는 것도 나쁘지 않을 것 같았다.

"좋아. 그럼 이렇게 하자."

"……?"

"초구는 네가 원하는 대로 던질게. 대신 마이크가 공을 맞춰내면 변화구를 추가하자."

한정훈이 타협안을 제시했다. 이만호의 말처럼 마이크가 포심 패스트볼에 적응하지 못한다면 굳이 변화구를 섞어 던질 필요는 없었다.

"좋아. 그렇게 해."

이만호도 군말 없이 고개를 끄덕였다. 그러고는 한정훈의 어깨를 감싸고 2루 쪽으로 몸을 돌렸다.

"근데 변화구는 커브 하나지?"

"커브도 있고……."

"있고? 뭐야? 던질 수 있는 게 또 있어?"

"아직 미완성이긴 하지만 체인지업?"

"그건 또 언제 배웠는데?"

"겨울에. 프로 야구 선수 초청 야구 캠프 가서 잠깐 배운 거야."

"와…… 젠장. 좋겠다."

이만호가 부럽다는 눈으로 한정훈을 바라봤다. 프로 야구 선수 초청 야구 캠프라니. 그곳에 참석할 수 있는 한정훈이 대단하게 느껴졌다.

그러나 이만호의 생각처럼 즐거웠던 캠프는 아니었다. 전국 중학 야구 대회에서 우수 투수상을 받은 덕분에 캠프 초대권을 받긴 했지만 참가자들이 워낙 많아서 제대로 배우지도 못했다. 그나마 공개적인 강습에서 체인지업 그립과 던지는 방법을 건진 게 전부였다.

오죽했으면 체인지업 연습을 돕던 김선인이 똥볼이라고 놀려 댈 정도였다. 하지만 그 속사정을 전혀 모르는 이만호는 한정훈이 다시 보였다. 포심 패스트볼만으로도 훌륭한데 자신의 부족함을 알고 스스로 체인지업까지 배워 왔으니 경험만 쌓으면 지금보다 더 좋은 투수로 성장할 게 틀림없어 보였다.

"초구는 장난치지 말고 제대로 던져. 내기는 내기니까. 알았지?"

사인을 확인한 이만호가 포수석으로 돌아갔다. 그러고는 타석에 바짝 붙어 선 마이크의 몸 쪽 낮은 공으로 미트를 움직였다.

'몸 쪽 공에 대응하는 것만 보면 알겠지.'

한정훈도 고개를 끄덕였다. 내기가 걸린 공이라고 해도 초구부터 얻어맞고 싶진 않았다.

눈으로 3루 주자를 묶은 뒤 한정훈이 힘껏 왼발을 차올렸다. 순간 3루 주자의 스킵 동작이 눈에 들어왔지만 한정훈은 신경 쓰지 않고 있는 힘껏 포수의 미트를 향해 포심 패스트볼을 내던졌다.

후아앗!

손가락 끝을 빠져나온 공이 마이크의 몸 쪽으로 파고들었다.

첫 타석에서는 눈으로 보고 넘겼던 공.

그러나 마이크는 공이 눈에 들어오기가 무섭게 허리를 휘

돌렸다.

파아앙!

요란한 파열음과 함께 타구가 외야까지 뻗어 나갔다. 공의
코스가 좋아 파울 라인 밖으로 휘긴 했지만 정확한 타이밍에
서 공략하지 않고서는 나올 수 없는 시원시원한 타구였다.

"역시."

한정훈은 그럴 줄 알았다며 피식 웃었다. 확실히 투심 패
스트볼이 눈에 익은 모양이었다. 게다가 마이크는 공을 쳐내
기 위해 스윙까지 바꿨다. 레벨 스윙까진 아니어도 방망이가
빠져나오는 게 상당히 빨랐다.

만약 공이 조금만 가운데로 몰렸다면 아마 타구는 파울
라인 안쪽으로 들어왔을 것이다. 그만큼 마이크는 작심하고
타석에 들어왔다. 자신의 포심 패스트볼 하나만 노리고 말
이다.

첫 타석 때 스윙을 보고 어느 정도 예상은 했지만 미국에
서 입으로 야구를 배운 건 아닌 모양이었다. 무엇보다 타격
스타일마저 바꿔 가며 자신을 이겨 보겠다는 투지가 마음
에 들었다. 그래서인지 마이크를 또다시 삼진으로 잡고 싶
어졌다.

"후우……."

손가락에 묻은 로진 가루를 불어 내며 한정훈이 이만호를

바라봤다.

초구 내기의 결과는 확실해졌다. 파울이 되긴 했지만 마이크는 분명 한정훈의 포심 패스트볼을 쳐냈다. 이제 남은 건 이만호의 사인이었다.

잠시 고심하던 이만호는 처음으로 손가락을 2개 펴보였다.

커브. 코스는 바깥 쪽.

한정훈이 씩 웃었다. 그러고는 3루 주자를 견제하며 글러브 안에서 그립을 바꿔 잡았다.

'그런데 커브가 잘 들어가려나 모르겠네.'

한정훈이 잡은 커브 그립은 프로 시절에 사용하던 것이다. 그것도 여러 차례 바꾸고 손질한 끝에 손에 익은 그립이었다.

이 커브볼이라면 10개를 던져 8개 이상 원하는 코스에 집어넣을 수 있었다. 문제는 투구 폼. 프로 시절에 비해 역동적이고 릴리스 포인트가 높은 고교 시절의 투구 폼으로 커브가 완벽하게 제구가 될지가 걱정이었다.

한정훈은 가급적이면 스트라이크를 던지고 싶었다. 마이크는 포심 패스트볼만 노리고 있을 테니 쉽게 방망이를 내밀지 못할 것이다. 그렇다면 볼보다는 스트라이크를 던져야 볼카운트 싸움을 유리하게 끌고 갈 수 있었다.

'제발 들어가라!'

눈으로 3루 주자를 견제하며 한정훈이 다시 힘차게 공을 던졌다.

파앗!

한정훈의 손가락 끝에서 로진 가루가 튀어 올랐다. 그와 동시에 마이크가 반사적으로 허리를 비틀었다. 이번만큼은 기필코 쳐내겠다는 얼굴로 말이다. 그런데…….

"……!"

공이 오지 않았다. 아니, 공이 빠르지가 않았다.

커브볼.

생각지도 못했던 공에 몸의 중심이 완전히 무너져 버렸다.

"크아아아!"

마이크는 이를 악물고 돌아가려는 허리를 막아 세웠다. 괜히 잘못 휘둘러 맞추기라도 한다면 평범한 땅볼로 물러날 가능성이 높았다.

다행히도 마이크의 방망이는 홈 플레이트 끝에서 멈춰 섰다. 그러나 불행히도 공은 마이크의 방망이 윗부분을 지나 포수 미트 속으로 빨려 들어가 버렸다.

"스, 스트라이크!"

칼 같은 판정을 자랑하던 심판이 한참 만에 스트라이크를 외쳤다. 그만큼 한정훈의 커브는 예상 밖이었다. 게다가 커브의 위력이 뛰어난 편도 아니었다. 딱 중학 리그 평균 수준.

그 이상도 이하도 아니었다.

한정훈이 신입생인 걸 감안하면 당연한 구위였다. 그러나 지금까지 보여 줬던 포심 패스트볼의 위력 때문일까. 한정훈이 마치 장난처럼 공을 던진 것 같은 기분마저 들었다.

"젠장할!"

마이크의 입에서 욕지거리가 터져 나왔다. 한정훈을 꺾기 위해 방망이까지 짧게 잡았는데 이런 형편없는 커브나 던지다니. 치미는 모멸감을 참기 어려웠다.

그러나 정작 한정훈은 천만다행이라는 표정이었다. 커브볼의 제구가 쉽지 않을 거라고 예상은 했지만 이 정도로 밋밋하게 밀려들어갈 줄은 생각지도 못했다.

'내가 이렇게 커브를 못 던졌나?'

한정훈이 애꿎은 오른손을 내려다봤다. 연습과 노력의 산물인 물집과 굳은살이 손바닥 곳곳에 박혀 있었지만 커브볼만큼은 예외인 모양이었다.

그래도 커브를 던진 덕분에 싸움은 다시 투수에게 유리해졌다.

2-0.

타자에게는 절대적으로 불리한 볼카운트였다.

게다가 마이크의 노림수도 깨졌다. 한정훈이 느린 커브를 보여 줬으니 포심 패스트볼에만 타이밍을 맞추고 있기가 어려워졌다.

한정훈은 일부러 느긋하게 로진백을 털었다. 시간을 끌면 끌수록 마이크의 머릿속이 복잡해질 것이다. 이런 때 굳이 빠른 승부를 가져갈 이유가 없었다.

그렇게 뜸을 들이던 한정훈이 이내 투수판을 밟았다. 그리고 이만호의 사인을 기다렸다.

'자, 3구는 뭐지?'

포심 패스트볼일까. 아니면 커브일까. 그것도 아니면 제 3의 구종일까.

궁금해하는 한정훈의 눈앞으로 이만호가 손가락 하나를 펴보였다.

포심 패스트볼. 코스는 바깥 쪽.

커브로 마이크의 타이밍을 빼앗았으니 포심 패스트볼로 깔끔하게 마무리 짓자는 소리였다.

'너무하네.'

내심 다른 사인이 나올지도 모른다고 기대했던 한정훈이 쓴웃음을 지었다. 이만호의 사인을 역으로 해석하자면 결국 자신의 변화구는 믿지 못하겠다는 뜻이었다.

'하긴. 나도 내 커브가 그렇게 형편없을 줄은 몰랐으니까.'

한정훈도 커브볼에 대해서는 할 말이 없었다. 마이크의 허를 찔렀으니 망정이지 구위만 놓고 보자면 중학생도 공략이 가능한 수준이었다.

게다가 바깥쪽으로 던진 공이 한가운데로 들어가 버렸다. 제구까지 말을 듣지 않으니 이 상황에서 커브를 던질 이유는 없었다.

하지만 제3의 구종이라면 이야기가 달랐다. 포심 패스트볼과 커브만 생각하고 있는 마이크의 허를 찌르면 또다시 타이밍을 빼앗을 가능성이 높았다.

'체인지업을 한 번 던져 보자.'

3루 주자를 눈으로 견제한 뒤 한정훈이 그립을 고쳐 잡았다. 족히 수천 번은 잡았을 그립이지만 손가락이 뻑뻑했다. 체인지업을 제대로 던지기 시작한 게 고등학교 3학년 무렵이니 어색한 것도 무리는 아니었다.

그러나 한정훈은 그립을 바꾸지 않았다. 지금 필요한 건 약이 오를 대로 오른 마이크의 타이밍을 빼앗을 단 하나의 공이다. 그리고 타이밍을 빼앗기 위해 필요한 건 바로 오프스피드(Off Speed). 이 상황에서 체인지업보다 좋은 공은 없었다.

'제때 떨어지기만 해줘라.'

와인드업에 들어가며 한정훈이 속으로 주문을 걸었다. 지금 당장 프로 시절의 체인지업을 구사하기란 무리였다. 하지만 포심 패스트볼처럼 오다가 구속이 떨어지는 공은 충분히 가능할 것 같았다.

'어차피 변화가 심하진 않을 테니까 만호가 잘 잡아주겠지.'

한정훈이 있는 힘껏 체인지업을 던졌다. 그러자 마이크가 기다렸다는 듯이 방망이를 돌렸다. 포심 패스트볼을 던질 것이라 확신이라도 한 것처럼 말이다.

3

후아앗!

한정훈의 손끝을 빠져나온 공이 빠르게 홈 플레이트의 바깥쪽으로 파고들었다. 그 공을 박살 내려는 듯 마이크의 방망이가 순식간에 홈 플레이트 앞까지 다가왔다.

순간 마이크의 입가로 회심의 미소가 번졌다. 타이밍상 방망이 중심에 걸렸다고 확신한 것이다. 그런데…….

'……!'

스윙 궤적에 들어와야 할 공이 오질 않았다. 방망이가 홈 플레이트를 스쳐 지나가는 순간까지도 공은 올 생각을 하지 않았다.

후아앙!

방망이가 요란스럽게 허공을 갈랐다. 뒤이어 마이크의 입에서 짐승의 울부짖음 같은 소리가 터져 나왔다.

삼진이라니! 또 삼진이라니!

정말 끔찍한 악몽을 꾸는 것 같은 기분마저 들었다.

게다가 흘러가는 상황은 마이크를 더욱 비참하게 만들어 버렸다.

"뛰어!"

난데없이 들려오는 선수들의 비명 소리.

그리고 홈을 향해 달려드는 3루 주자.

마이크가 뒤늦게 정신을 차렸을 때는 이미 이만호가 잃어버린 공을 되찾은 뒤였다.

'스트라이크 낫아웃!'

마이크는 이를 악물었다. 삼진에 정신이 팔린 나머지 포수가 공을 빠뜨렸다는 사실을 전혀 알아채지 못했다.

그렇다고 이제 와서 1루로 전력 질주를 할 수도 없는 노릇이었다.

"젠장할!"

마이크가 다시 욕지거리를 내뱉었다. 그사이 홈 플레이트로 돌아온 이만호가 마이크의 몸에 미트를 가져다 댔다.

"아웃! 게임 셋!"

심판의 경기 종료 콜이 울렸다.

최종 스코어 10-6.

초반에 대량 득점한 원정팀 동명고등학교가 홈팀 동승고

등학교를 상대로 승리를 차지했다.

4

경기의 승리 투수는 한정훈의 몫이었다.

5회에 구원 등판해 5이닝을 1사사구 1실점으로 틀어막았
다. 거기다 탈삼진은 무려 11개. 이제 막 고등학교에 올라온
선수의 성적이라고는 믿기 어려울 만큼 대단한 호투였다.

"정훈아! 고생했다."

"짜식, 잘했어."

"피곤하지? 이리 와. 아이싱 좀 하자."

동명고등학교 3학년 선발 3인방이 가장 먼저 한정훈을 반
겼다. 연습 게임이고 후보 선수들을 상대하긴 했지만 한정훈
이 보여 준 활약은 자신들의 뒤를 맡기기에 부족함이 없어
보였다.

"정훈아, 이렇게만 하자. 응? 딱 이렇게만 하고 내년부터
는 네가 에이스 하는 거야. 알았지?"

특히나 차기혁은 한정훈의 호투를 제 일처럼 기뻐했다. 한
정훈 덕분에 팀의 제1계투에서 완전히 벗어나게 됐다고 확
신한 것이다.

반면 차기 에이스를 노리는 공명찬은 웃을 수가 없었다.

잘해야 자신의 뒤를 받칠 것이라 여겼던 한정훈이 이 정도 실력을 뽐낼 줄은 미처 예상하지 못한 것이다.

1학년 홍영철이 받은 충격도 만만치 않았다. 자신과 별반 다르지 않을 것이라 여겼던 한정훈이 공명찬까지 제치고 저만치 앞서 달리고 있었다. 이대로라면 고등학교 생활 내내 한정훈의 그림자에 가려 살아야 할 게 뻔했다.

하지만 정작 한정훈의 표정은 썩 밝지가 않았다. 마지막 공을 던진 이후로 어깨의 욱신거림이 심해졌기 때문이다.

'역시. 익숙하지 않아서인가.'

차기혁이 가져다준 얼음 팩을 어깨에 두르며 한정훈이 고개를 흔들어 댔다. 커브까진 아니어도 체인지업은 손가락 감각으로 어떻게든 구사가 가능할 거라 여겼는데 예상이 완전히 빗나가 버렸다.

'그래도 프로 막판에는 체인지업으로 먹고살았는데.'

한정훈은 옆에 놓인 스냅 볼을 집어 들었다. 그리고 미련처럼 체인지업의 그립을 잡아보았다.

이 체인지업이라는 구종을 처음 익힌 건 중학교 3학년 겨울 방학. 프로 야구 선수 초청 유소년 캠프에서였다.

한정훈은 전, 현직 프로 야구 선수들의 노하우를 모조리 빼앗아 오겠다는 당찬 포부를 가지고 캠프에 참석했다. 그러나 캠프를 주관하는 주관사의 진행은 엉망이었다.

100명 한정이라던 캠프에는 300명이 넘는 선수들이 몰려들었다. 주최 측에서 뒷돈까지 받아가며 자리를 늘리다 보니 정원의 3배가 넘는 인원이 들어온 것이었다.

반면 캠프에 참석한 전, 현직 프로 야구 선수는 4명에 불과했다. 당초 20명이 넘는 선수들이 관심을 보였지만 주최 측의 안일한 운영에 다들 참가 거부를 통보해 버린 것이다.

자연스럽게 한정훈이 가장 크게 기대했던 프로 야구 선수들과의 원 포인트 레슨은 무산되고 말았다. 대신 참가자들을 100여 명씩 쪼개어 프로 선수들이 간단한 시범을 보이는 식으로 교육이 변경됐다.

100명이 넘는 선수들의 틈바구니 속에서 한정훈은 하나라도 더 배우기 위해 까치발을 들어야만 했다. 그러나 2박 3일의 캠프를 통해 건진 것이라고는 체인지업의 그립과 투구 요령이 전부였다.

그래서인지 한정훈은 체인지업에 별로 애착이 가지 않았다. 고작 그립만 가지고 던질 수 있을 만큼 체인지업은 만만한 구종아 아니었다.

게다가 고교 시절은 체력을 키우고 패스트볼의 구속을 최대한 끌어올려야 하는 시기였다. 핑계일지도 모르겠지만 그 당시에는 손에 익지도 않은 체인지업 때문에 패스트볼 구속이 줄어든 것 같은 기분마저 들었다. 그래서 고심 끝에 체인지업을 포기하고 커브를 조금 더 가다듬기로 계획을 바꿨다.

그렇게 방치됐던 체인지업이 빛을 본 건 20대 후반에 접어들어서였다.

4년 연속 10승에 실패하면서 선발 자리가 위태로워지자 한정훈도 새로운 구종이 절실해졌다. 평균 수준의 포심 패스트볼과 커브볼, 그리고 보여 주기 식으로만 던지던 슬라이더로는 선발의 한 자리를 보장받기 어렵다고 판단한 것이다.

150㎞/h 전후의 포심 패스트볼과 120㎞/h 대의 커브. 이 두 구종 사이를 비집고 들어갈 만한 공으로 투수 코치는 체인지업을 강권했다. 한정훈도 투수 코치의 조언을 따랐다. 체인지업을 아예 던지지 않았던 것은 아니니 다른 구종들보다 빨리 익힐 것이라고 판단해서였다.

한정훈은 그립을 변경해 가며 자신에게 맞는 체인지업을 찾기 위해 노력했다. 그리고 서른이 지났을 때 체인지업은 한정훈을 대표하는 구종이 되어버렸다.

만약 이 체인지업이 없었다면? 아마 은퇴는 몇 년 빨라졌을 것이다. 당연히 프로 16년이라는 커리어를 쌓지 못했을 것이다. 또한 프로 구단에서 코치 생활을 하지도 못했을 것이다.

체인지업은 한정훈에게 떼려야 뗄 수 없는 구종이었다. 그만큼 한정훈은 체인지업에 자신이 있었다. 과거로 돌아오면서 포심 패스트볼의 위력이 살아난 만큼 같은 스타일로 던지는 체인지업도 충분히 위협적일 것이라 생각했다.

하지만 결과는 패스트볼(Passed Ball). 아니, 사인을 무시하고 던졌으니 포일이 아니라 폭투로 봐야 했다.

"후우……."

한정훈이 무겁게 한숨을 내쉬었다. 야구 인생 평생의 숙제였던 패스트볼이 살아나서 자신도 모르게 들떠 있었는데 커브는 물론이고 체인지업까지 손에서 겉돌고 있었다. 마치 포심 패스트볼이 좋아진 대가로 커브와 체인지업의 구사 능력이 줄어들기라도 한 것처럼 말이다.

'이럴 거면 과거로 왜 보냈냐.'

한정훈의 눈매를 타고 절로 불만이 번졌다. 계산적이고 싶진 않지만 과거로 돌아온 것에 대한 손익을 따지면 따질수록 왠지 손해를 보는 것 같은 기분이 들었다.

그때였다.

"야, 이겼잖아. 뭐가 그렇게 심각해?"

김선인이 씩 웃으며 한정훈의 옆자리에 앉았다. 경기가 끝나고 허세명 감독에게 불려가는 것까진 봤는데 얼굴을 보아하니 크게 혼이 나진 않은 모양이었다.

"실책을 두 개나 해놓고 뭐가 그렇게 좋냐?"

한정훈이 대놓고 면박을 줬다. 결과론이겠지만 김선인이

수비 실수를 하지 않았다면 체인지업도 던지지 않았을 것이다.

그러나 김선인은 눈 하나 까딱하지 않았다.

"내 덕분에 자책점은 없잖아? 그럼 나한테 고마워해야 하는 거 아니냐?"

오히려 뻔뻔하게 허리에 손을 올렸다.

"그래, 아주 고오맙다. 이 자식아."

한정훈이 피식 웃었다. 오늘 경기 때문에 김선인의 플레이가 위축되면 어쩌나 걱정했는데 그럴 필요는 없을 것 같았다.

"차라리 한 점 준 게 나을지도 몰라. 네가 무실점으로 막아봐라. 3학년 선배들은 뭐가 되고 명찬 선배는 뭐가 되겠냐?"

긴장이 풀린 듯 김선인이 궤변을 이어갔다. 3학년 선발 3인방은 둘째치더라도 1이닝 1실점을 한 공명찬의 체면을 위해서라도 1학년 녀석이 무실점으로 경기를 끝내서는 안 된다는 말 같지도 않은 소리였다.

"헛소리 그만하고. 감독이 뭐라고 안 해?"

손사래를 치며 한정훈이 화제를 돌렸다. 경기에서 이기긴 했지만 허세명 감독의 성격상 김선인의 실책을 눈감아줄 리없었다.

그러자 김선인이 멋쩍은 얼굴로 대답했다.

"그게…… 나도 엄청 혼날 줄 알았는데…… 감독님이 정작 너에 대해서 물어보시더라."

"나에 대해서?"

"응, 너희 아버지 뭐 하시냐고."

"허……."

한정훈은 순간 어이가 없었다. 김선인을 불러놓고 고작 물어보는 게 남의 가정사라니. 좋은 감독이 아닌 건 알고 있었지만 이 정도로 저질일 줄은 몰랐다.

하지만 덕분에 한정훈도 마음이 가벼워졌다. 혹시나 허세명 감독이 자신을 중용하면 어쩌나 걱정했는데 아마 그럴 일은 일어나지 않을 것 같았다.

'그래, 그래야 허 감독답지.'

한정훈이 피식 웃었다. 덕분에 앞으로의 1년간 편히 몸을 만들 수 있을 것 같았다.

7장
같거나 다르거나

1

늦은 밤.

"하아……."

책상 앞에 앉은 허세명 감독의 입에서 무거운 한숨이 흘러나왔다.

당초 동승고등학교와의 연습 경기는 주전 라인업을 확정하기 위한 과정에 지나지 않았다. 후보 선수들과 신입생들에게 기회를 주긴 하겠지만 구상대로라면 그들이 두각을 드러낼 가능성은 없었다. 오히려 자신들과 주전 선수들 간의 실력 차이를 실감하는 계기가 되어야 했다.

그런데…… 경기가 꼬였다. 덕분에 주전 라인업에도 변동이 생길 수밖에 없었다.

"일단 형빈이 녀석은 그대로 두자."

고심하던 허세명 감독이 1번 타자의 자리에 공형빈의 이름을 적었다. 가급적이면 황보연에게 기회를 주고 싶었지만 지난 연습 경기의 여파가 너무 컸다.

연속 안타에 도루, 득점까지. 공형빈은 말 그대로 날아다녔다. 반면 황보연은 죽을 썼다. 연타석 병살. 공식 경기가 아닌 걸 다행으로 여겨야 할 정도였다.

이 상황에서 황보연을 1번에 들이밀었다간 뇌물 먹었다고 자인하는 꼴밖에 되지 않았다. 그렇다고 야구부 후원회장의 아들을 나 몰라라 할 수도 없었다.

"연이는 당분간 9번이 좋겠다."

허세명 감독이 가장 마지막 줄에 황보연의 이름을 넣었다. 1번 타자를 바라던 황보연에게는 미안한 이야기였지만 다른 방법이 없었다. 그렇다고 2번에 넣어 공형빈의 뒤를 받치게 하기도 뭐했다. 그보다는 차라리 황보연의 앞에 두어서 경쟁을 붙이는 편이 나을 것 같았다.

2번 타자는 공을 잘 보는 박건호가 적임자였다. 공형빈이 2번으로 밀렸다면 모르겠지만 1번에서 버티는 한 박건호 이외의 대안은 없었다. 게다가 박건호의 부친은 후원회 2차 단

골 멤버였다.

3번과 4번, 5번 클린업 트리오도 변동이 없긴 마찬가지였다.

장성민과 최민혁, 조인기.

이들을 건드리는 건 성적 하락으로 이어질 수 있었다.

문제는 황보연이 빠진 6번이다. 황보연이 6번으로 중용된 건 한 방 능력이 있어서였다. 클린업 트리오만큼은 아니지만 그들의 뒤를 든든히 받쳐 줄 정도까지는 되었다.

그런데 황보연을 9번으로 내리면서 6번에 구멍이 생겼다.

수순대로라면 7번 김인수를 올려야겠지만 스타일이 맞지 않았다. 수비는 좋지만 타격이 평균 수준에 장타력이 부족했다. 득점권 상황에서 상대 투수들이 5번 조인기를 거르고 김인수와 상대할 가능성이 높았다.

9번을 치던 이진석도 김인수와 별반 다를 바 없었다. 그렇다고 박풍기라 불리는 포수 박경철을 6번에 올리는 건 미친 짓이었다. 제아무리 박경철이 자신의 말을 잘 따른다 하더라도 녀석에게 6번을 맡기느니 후보 선수들에게 기회를 주는 편이 나았다.

'그래, 차라리 후보 선수들이 낫겠지.'

허세명 감독이 구석에 놓인 후보 선수 명단을 집어 들었다. 선수들의 이름 앞에는 서로 다른 수의 별(☆)표가 적혀 있었다.

허세명 감독은 선수들의 가치를 이 별표로 구분하는 버릇이 있었다. 주전 선수들은 예외로 됐지만 후보 선수들은 매해 초에 자신이 내린 이 별표 평가를 바탕으로 경기에 기용하곤 했다.

후보 선수 명단에 오른 이름은 총 20명. 그중 별표를 하나도 받지 못한 선수가 여덟 명이나 되었다.

개인적인 실력과 포지션은 물론 인성과 집안 형편, 그리고 후원회 참여 정도 등을 고려했을 때 감독인 자신이 관심을 둘 가치가 전혀 없다는 의미였다. 당연히 경기에 내보낼 이유가 없었다.

별 하나인 선수는 여섯 명. 실력이 고만고만하다는 의미였다. 이 경우는 둘 중 하나다. 묵혀서 써먹을 자원이거나 주전 선수의 공백 시 잠깐 활용할 자원. 역시나 당장 주전 라인업에 끼워 넣는 건 무리수였다.

반면 별 두 개인 선수부터는 좀 달랐다. 주전 선수에 준하는 실력을 갖춘 선수들. 경기 후반 대타나 대수비 활용이 가능한 즉시 전력 감이었다.

별 두 개를 받은 선수는 네 명이었다. 공교롭게도 네 명 모두 야수였다.

장래가 촉망되는 내야수 강한우는 공형빈과 포지션이 겹쳤다. 물론 박건호를 대신해 2루를 볼 수도 있지만 타격 스타일상 테이블 세터보다는 중심 타순에 어울렸다.

타격은 아쉽지만 멀티 수비가 가능하고 주력이 빼어난 전준하도 경기 후반 대주자 요원이 제격이었다.

남은 건 포수 둘. 조인기의 동생 조인식과 이번 연습 경기에서 맹활약한 이만호였다.

"이만호라……."

허세명 감독의 시선이 이만호의 이름 위로 움직였다. 자신이 포수 출신이라서일까. 아직 부상 치료 중인 조인식은 어렵겠지만 이만호는 한 번 키워보고 싶다는 욕심이 들었다. 한정훈의 역투에 가리긴 했지만 이만호가 보여 준 포수로서의 자질도 상당해 보였다.

하지만 지금 필요한 건 6번 타자 자리다. 게다가 연습 경기에서 보여 주었던 이만호의 공격력은 주전 선수들을 위협할 수준이 아니었다. 그렇다고 고된 일을 도맡아하는 박경철을 뺄 수도 없었다.

"경철이 녀석의 부상이 심한 건 아니니까."

허세명 감독이 이내 고개를 흔들었다. 조인식도 아니고 이만호에게 주전 포수 마스크를 씌울 수는 없는 노릇이었다.

"흐음……."

나직이 신음하며 허세명 감독이 별 세 개짜리 선수를 찾아 눈동자를 움직였다.

허세명 감독에게 별 세 개를 받은 건 두 명. 공교롭게도 두

명 모두 1학년 신입생들이었다.

한 명은 방망이 하나로 중학 리그를 초토화시켰던 장성민. 다른 한 명은 지난 연습 경기에서 맹활약한 한정훈.

"성민이라면 6번으로 키워도 좋을 거 같은데."

팔짱을 낀 채 한참을 고심하던 허세명 감독이 이내 6번 타순에 장성민이라는 이름을 집어넣었다. 3루수라는 포지션이 문제였지만 지명 타자를 치고 있는 조인기를 코너 외야수로 돌리면 가능할 것 같았다.

장성민이 끼어들면서 김인수와 이진석, 둘 중 한 명은 후보 선수로 내려야만 했다. 둘을 두고 고심하던 허세명 감독은 7번 자리에 김인수의 이름을 넣었다. 타격은 비슷하지만 센터 라인을 담당하는 중견수 김인수의 수비 실력이 조금 더 낫다고 판단한 것이다.

8번 포수 자리는 박경철의 몫이었다. 부상 중인 조인식과 경험이 부족한 이만호, 둘 다 박경철의 자리를 빼앗긴 일렀다.

그렇게 주전 타순이 정리가 됐다.

"타자는 됐고 이젠 투수인데……."

허세명 감독이 망설이지 않고 선발 세 자리에 이름을 적었다.

150km/h를 상회하는 패스트볼이 일품인 1선발 조찬수.

140km/h 후반의 패스트볼과 각이 큰 슬라이더를 구사하는

2선발 권승헌.

패스트볼 구속은 떨어지지만 제구와 변화구 구사 능력이 빼어난 3선발 차기혁.

자타공인 동명고등학교 선발 3인방이다. 여기까진 손을 댈 필요가 없었다.

문제는 계투진이다. 존폐의 위기에 놓인 주말 리그라면 몰라도 전국 대회에서 선발투수를 불펜으로 돌려쓰는 건 한계가 있었다.

"여차하면 기혁이를 활용한다 해도 한 명으로는 부족한데……."

허세명 감독의 눈에 2학년 공명찬의 이름이 들어왔다. 올초 2학년 투수 2명이 다른 학교로 전학을 가 버리면서 2학년 중 투수 자원이라고는 공명찬 밖에 남지 않은 상태였다.

하지만 허세명 감독은 공명찬이 성에 차지 않았다. 실력도 고만고만하지만 무엇보다 성장 가능성이 높아 보이지 않았다. 그런데도 이대로 1년이 지나면 에이스가 될 거라는 자만에 빠져 있었다.

그래서 허세명 감독은 장기적인 대안으로 신입생 홍영철을 고려했다. 1학년이라 해도 중학교 시절 제법 이름을 날렸으니 잘만 키운다면 내년에 공명찬과 마운드를 책임져 줄 것 같았다.

그런데 정작 엉뚱한 이름이 허세명 감독의 마음을 흔들어 놓았다.

동명중학교 에이스 출신 한정훈.

부모가 야구부 후원회에 참여하지 않아 반쯤 외면하고 있던 녀석이 말이다.

한정훈의 이름 앞에는 별이 세 개가 그려져 있었다. 다른 걸 다 배제하고 순수하게 실력과 기대치로만 준 점수였다.

동급생 장성민도 별 세 개를 받았지만 그 속에는 장성민의 부모가 건네 준 든든한 정성의 답례가 포함되어 있었다. 단순히 실력만 놓고 보자면 별 하나 반. 성장 가능성을 더해 두 개를 겨우 채워 줄 정도였다.

투수의 기본인 포심 패스트볼을 놓고 봤을 때 한정훈은 공명찬보다 나았다. 홍영철은 비교 대상조차 되지 못했다. 변화구가 미숙하긴 하지만 올 한 해 잘 가르치면 내년에는 1선발로 써먹을 수도 있을 것 같았다.

문제는 한정훈의 부모가 후원회에 가입하지 않았다는 것이다.

후원회 가입은 강제 사항이 아니다. 야구 선수 가족이 아니라 하더라도 후원회에 가입할 수 있다. 반대로 야구 선수가족이라 해서 꼭 후원회에 가입할 이유는 없었다.

다만 자식을 고교 야구까지만 시킬 게 아니라면 부모들이 제대로 후원해 주는 편이 여러모로 나았다. 그래서 허세명 감독은 한정훈과 친한 김선인을 통해 넌지시 운을 띄워 놓았다.

하지만 경기가 끝난 지 일주일이 지났는데도 한정훈의 부모에게서는 전화 한 통 오지 않았다. 혹시나 김선인이 말을 잘못 전했나 싶어 박경철을 통해 재차 언질을 했는데도 마찬가지였다.

기다리다 못해 허세명 감독은 한정훈의 부친에게 문자 메시지까지 보내 놓은 상태였다. 만약 한정훈의 부친이 후원회에 가입해 주기만 한다면, 한정훈을 제대로 키워 줄 생각이었다.

"이쯤하면 전화가 올 때도 됐는데……."

허세명 감독의 시선이 구석에 놓아 둔 핸드폰으로 향했다. 혹시 문자 메시지가 왔을까 봐 두어 번 살펴봤지만 핸드폰은 고요하기만 했다.

"계부야 뭐야?"

허세명 감독은 괜히 짜증이 났다. 한정훈보다 못한 선수의 부모들도 제 자식을 프로에 보내기 위해 하루가 멀다 하고 찾아오는데 메시지조차 없는 한정훈의 부모가 이해가 가질 않았다.

그때였다.

띵동. 띵동.

초인종 소리가 요란스럽게 울렸다.

"이 시간에 누구지?"

허세명 감독이 고개를 갸웃거리며 문을 열었다. 문 밖에는 얼핏 본 기억이 있는 중년의 여성 두 명이 서 있었다.

"저 기억하시죠? 명찬이 엄마예요. 밤늦은 시간인 거 알지만 마음이 급해서. 여기 영철이 엄마하고 같이 왔어요."

"아, 네……. 일단 안으로 들어오세요."

뜻밖의 손님이긴 했지만 허세명 감독은 크게 놀라지 않았다. 늦은 시간에 찾아온 게 뜻밖이라는 것이지 조만간 몇몇 학부형이 찾아올 것이라 예상은 하고 있던 상태였다.

한정훈이 두각을 드러낸 연습 경기의 최대 피해자라면 다름 아닌 공명찬과 홍영철일 것이다. 이대로 보고만 있다간 한정훈에게 자신들의 자리를 빼앗길 판이니 그들의 부모가 나서는 것도 무리는 아니었다.

"우리 명찬이가 감독님 혼자 지내신다고 걱정을 많이 해서요. 별것 아니지만 밑반찬 좀 싸 왔어요."

자리에 앉기가 무섭게 공명찬의 어머니가 반찬통을 싼 보따리를 내밀었다. 그러나 보따리 안에 든 건 반찬만이 아니었다. 가장 위쪽에는 눈에 잘 보이도록 흰색 봉투가 하나 끼워져 있었다.

"저도 솜씨는 없지만 조금 만들어 와 봤어요."

홍영철의 어머니도 보따리를 내밀었다. 반찬통은 크지 않았지만 그 위에는 역시 흰색 봉투가 놓여 있었다.

"하하. 이러시면 제가 곤란합니다."

허세명 감독이 멋쩍게 웃었다. 돈 봉투가 싫은 건 아니지만 그렇다고 노골적으로 공명찬과 홍영철을 밀어주기에는 한정훈의 실력이 눈에 밟혔다.

한정훈이 적당히 잘했다면 이런 일은 없었을 것이다. 하지만 지난 연습 경기의 주역은 누가 뭐래도 한정훈이었다. 모든 선수가 한정훈의 실력을 알게 됐는데 명분도 없이 공명찬과 홍영철을 중용할 수는 없었다.

그런 허세명 감독의 복잡한 속내를 짐작한 듯 공명찬의 어머니가 말을 이었다.

"감독님도 참. 이건 그냥 성의의 표시예요. 누구처럼 잘난 자식 믿고 코빼기도 안 비치는 몰상식한 학부모는 아니니까요."

"그래도……."

"그리고 참, 그 이야기 들으셨어요?"

"무슨……?"

"왜 영철이랑 같이 들어온 아이 있잖아요. 한…… 뭐라고 했던데?"

"정훈이요?"

"아, 네. 그 아이. 어깨에 이상이 있나 보던데요?"

"……?"

"저 건너편에 정형외과 있잖아요. 야구 선수들도 많이 다니는 병원이요. 거기에서 그 아이가 나오는 걸 제가 봤거든요."

"그, 그렇습니까?"

"애들한테 이야기 들어보니까 경기 끝나고 어깨가 아프다고 했다고 하던데. 못 들으셨어요? 아, 어쩌면 일부러 숨겼을 수도 있겠네요."

"허허……."

생각지도 못했던 정보에 허세명 감독이 입가를 비틀어 올렸다. 실력 문제를 떠나 한정훈이 어깨가 아파서 정형외과를 갔다. 이러면 이야기는 달라진다.

"어이구, 뭘 이리 많이도 담으셨어요?"

허세명 감독이 자연스럽게 보따리를 풀어헤쳤다. 순간 툭 하고 묵직한 봉투가 떨어졌지만 허세명 감독은 아무렇지도 않게 반찬통 뚜껑을 열어젖혔다.

그렇게 고민되던 투수 라인업도 정리가 끝났다.

후보 투수 1 공명찬.

후보 투수 2 홍영철.

그곳에 한정훈의 이름은 없었다.

2

"너 정말 괜찮아?"

"뭐가?"

"어깨, 솔직히 그렇게 심한 건 아니잖아."

"내가 말했잖아. 의사가 당분간 공 던지지 말라고 했다니까."

"그래도……."

이만호는 아쉬웠다. 다른 사람은 몰라도 한정훈은 주전 명단에 들어갈 줄 알았다.

그런데 고작 어깨 부상 때문에 주전 명단에서 빼다니. 허세명 감독이 너무하다는 생각뿐이었다.

그러나 지금 이만호는 남 걱정하고 있을 때가 아니었다.

"야, 너는 너나 신경 써. 왜 이렇게 날 쫓아다녀? 3학년 될 때까지 백업 포수만 할 거야?"

한정훈이 이만호를 바라봤다. 자신이야 계획이 있어서 내년을 기약한다지만 이만호는 아니었다. 과거가 반복된다면 올해는 박경철에 치이고 내년에는 부상에서 회복된 조인식에게 밀리다가 3학년이 되어서는 2학년 후배에게 자리를 빼앗길 판이었다.

하지만 정작 그 사실을 알지 못하는 이만호는 너무하다는 표정을 지었다.

"너는 내가 그렇게 귀찮냐?"

"……뭐?"

"그래도 난 우리가 배터리라고 생각했는데. 넌 아닌가 보다."

이만호가 홱 하고 고개를 돌렸다. 마치 자신의 마음을 알아주지 못한다고 투정을 부리는 여자처럼 말이다.

자연스럽게 한정훈의 입에서도 한숨이 흘러나왔다. 생긴 건 누가 봐도 선머슴처럼 생긴 녀석의 이 소녀 감성을 어찌 대해야 할지 난감하기만 했다.

이만호의 입장을 모르는 건 아니다. 연습 경기 중에 어깨를 다쳤다고 했으니 자신의 잘못처럼 여기는 것도 무리는 아니었다.

그렇다고 과거로 돌아와 이만호와 브로맨스를 찍고 싶은 마음은 눈곱만큼도 없었다.

"영철이는 어때?"

한정훈이 화제를 돌렸다. 어깨를 다친 자신을 대신해 주전 투수 명단에 합류한 홍영철이 잘 적응하고 있는지 궁금했다.

그러자 이만호가 씁쓸한 표정을 지었다.

"영철이야 잘하고 있겠지."

"뭐야? 너 영철이하고 안 친하냐?"

"친하긴. 그냥 같은 학교 출신이라 어울린 것뿐인데."

"흠······."

자세하게 말을 하진 않았지만 한정훈은 대충 어떤 상황일지 이해가 갔다. 주전 투수진에 막차를 탄 홍영철과 백업 포수 명단에도 끼지도 못한 이만호. 얼마 전까지 친구였다 해도 지금은 위상이 달라질 수밖에 없었다.

'하긴, 선인이 녀석도 바쁘다고 정신이 없으니까.'

연습 경기 이후로 관계가 달라진 건 홍영철과 이만호뿐만이 아니었다. 한정훈도 김선인과 예전처럼 지내지는 못하고 있었다.

동명고등학교의 내야는 상당히 짱짱한 편이었다. 3번을 치는 장성민이 3루, 4번 타자이자 주장인 최민혁이 1루, 센스 넘치는 공형빈이 유격수를 담당하고 있었다. 2루에도 작전 수행 능력이 좋은 박건호가 버티고 있으며 주전들을 받치는 후보 명단에도 기대주 강한우와 수비 좋은 한명수가 대기 중이었다.

입학 초반부터 허세명 감독의 눈 밖에 났던 김선인이 이 틈바구니를 비집고 들어가기란 결코 쉬운 일이 아니었다. 그런데 놀랍게도 김선인이 한명수를 밀어내고 후보 선수로 발탁되었다. 본래라면 1학년 내내 자신의 옆에 붙어서 허세명 감독을 씹고 다녔어야 할 녀석이 말이다.

자연스럽게 한정훈도 김선인의 얼굴을 보기가 어려워졌다. 홍영철처럼 김선인이 벌써부터 선을 그은 건 아니었지만 앞으로의 관계가 어찌 변할지는 짐작할 수 없었다.

그러나 한정훈은 달라진 김선인을 탓하지 않았다. 오히려 김선인에게도 잘된 일이라고 여겼다.

김선인과의 관계가 달라진 건 자신이 과거로 돌아왔기 때문이다. 그리고 과거로 돌아온 이상 그전의 과거는 존재하지 않는 일이나 마찬가지였다. 그걸 가지고 쓸데없이 감정 소비를 하고 싶지는 않았다.

"그런데 그 이야기 들었어?"

"무슨 이야기?"

"찬수 선배 말이야. 어쩌면 메이저리그에 갈지도 모른다는데?"

"메이저?"

순간 한정훈은 실소가 터져 나올 뻔했다. 조찬수의 실력이 뻔한데 메이저리그라니. 어림 반 푼어치도 없는 소리였다.

그러나 말을 꺼낸 이만호는 꽤나 진지했다.

"그게……."

"뭐야? 왜 말을 꺼내다 말아?"

"이거 비밀이니까 너 다른 사람한테 말하면 안 된다."

이만호가 주변을 한 번 두리번거리고는 자신이 들은 이야기를 한정훈에게 전해 주었다.

"제임스 킴?"

"응, 듣기로는 메이저리그에서도 알아주는 에이전트라던데. 그 사람이 직접 찬수 선배네 집에 찾아왔다나 봐."

"흠, 그래?"

한정훈은 묵묵히 고개를 끄덕였다. 최대 155km/h의 패스트볼을 구사하는 조찬수라면 프로 스카우터들은 물론이고 해외에서도 주목을 받을 만했다.

하지만 구속만 빠르다고 해서 무조건 메이저리그에 갈 수 있는 건 결코 아니었다. 메이저리그 에이전시와 계약한다고 해도 마찬가지였다. 마이너리그를 전전하다 시간만 버리고 한국으로 돌아오는 선수들이 한두 명이 아니었다.

한정훈은 조찬수의 실력이 메이저리그를 포기하고 돌아오는 마이너리거들보다 낮다는 생각은 들지 않았다. 그렇다면 답은 나온 것이나 마찬가지였다. 조찬수가 마이너리그에 가서 잠재력이 폭발하지 않는 한 말이다.

'그나저나 제임스 킴이라. 어디서 많이 들어 본 이름인데.'

한정훈은 조찬수보다 제임스 킴이라는 이름이 마음에 걸렸다. 처음 듣는 이름 같으면서도 왠지 모르게 신경이 쓰였다. 정확하게는 모르겠지만 머잖아 야구 판을 크게 한 번 뒤흔들어 놓을 것 같은 느낌이었다.

그러나 한정훈은 이내 그 이름을 머릿속에서 지워 버렸다.

메이저 리그(Major League).

야구 선수라면 누구나 동경하고 한 번쯤 도전해 보고 싶은 곳이지만 아직은 아니었다. 지금은 메이저리그에 대한 헛바람이 드는 것보다 당장의 목표를 달성하는 게 먼저였다.

3

"너 설마 병원 안까지 쫓아올 건 아니지?"

병원 건물 앞에서 한정훈이 걸음을 멈췄다. 심각한 것도 아닌데 예쁜 여자 친구도 아닌 이만호를 달고 병원에 들어가고 싶진 않았다.

그러자 이만호가 한정훈의 팔을 잡고 매달렸다.

"왜? 같이 들어가면 안 돼? 설마 너…… 어깨 심각한 거야? 그런 거야?"

"아니라고 했지."

"그런데 왜 못 들어가게 하는 건데?"

이만호가 서운하다는 표정을 지었다. 기껏 연습할 시간을 쪼개서 병원까지 따라와 줬는데 차마 내뱉지 못한 속내가 얼굴에 고스란히 드러났다.

"하아, 재활 치료 받는 데 시간이 걸리니까 하는 소리다."

한정훈이 마지못한 얼굴로 상황을 설명했다. 김선인이라면 따라 들어오라고 해도 안 들어왔겠지만 이만호에게는 납득 가능한 설명이 필요해 보였다.

"그런 거라면 걱정하지 마. 여기 커피숍에서 기다리고 있을게."

이만호가 씩 웃으며 고개를 끄덕였다. 그러고는 손을 흔들며 건물 1층의 커피숍으로 들어가 버렸다.

"하아……."

바쁘면 먼저 가라라는 말을 되삼키며 한정훈이 고개를 흔들어 댔다. 말 많은 김선인이 옆에 없어서 조용해지나 싶었는데 이만호 덕분에 이번 생도 심심(?)하지는 않을 것 같았다.

4

"어서 오세요, 고객님. 김정민 정형외과입니다."

"재활 치료 받으러 왔는데요."

"성함이……? 아, 한정훈 고객님? 조금 일찍 오셨네요. 저쪽에서 잠깐만 기다려 주시겠어요?"

"아, 네."

한정훈은 재활 치료실 앞 의자에 주저앉았다. 그와 동시에 치료실 옆 모니터 대기 환자 목록에 한정훈이라는 이름이 떠올랐다.

"흠⋯⋯."

한정훈의 시선이 자연스럽게 모니터로 향했다. 예약 시간보다 30분이나 일찍 왔는데도 한정훈의 이름 위에 올라간 대기 환자가 5명이나 있었다.

재활 치료에 걸리는 시간이 어림잡아 40분 정도. 한 번에 2명씩 들어간다고 해도 예약 시간보다 최소 20분은 더 기다려야 차례가 올 것 같았다.

"한참 기다려야겠네."

한정훈이 이맛살을 찌푸렸다. 김정민 정형외과가 선수들 사이에서 알아주는 유명한 병원이라는 건 알고 있지만 이래서는 예약의 의미가 없었다.

그렇다고 김정민 정형외과 이외에 다른 병원을 가기도 뭐했다.

일단 집 주변에 있는 병원들 중 김정민 정형외과가 가장 시설이 좋았다. 전문적인 치료 시설은 물론이고 고가의 검사 장비들까지 갖춰 놓고 있었다. 게다가 김정민 정형외과는 스포츠 의학에 특화된 병원이었다. 어깨가 아프다고 하면 진통제만 처방해 주고 마는 일반 병원들과는 수준이 달랐다.

대기실 의자도 푹신하고 화장실도 깨끗했다. 기다리는 환자들을 위해 간단한 간식거리와 볼거리가 구비되어 있었다. 심지어 간호사들마저 친절하고 예뻤다.

그러나 한정훈이 김정민 정형외과를 올 수밖에 없는 결정적인 이유는 따로 있었다. 김정민 정형외과에서 유소년 운동선수들에 한해 치료비의 40퍼센트를 할인해 주기 때문이었다.

"빨리 프로에 가서 돈을 벌던가 해야지 원."

한정훈이 혼잣말처럼 투덜거렸다. 집에 사정을 이야기하면 생활비를 조금 넉넉하게 받을 수는 있겠지만 그렇게까지 하고 싶지는 않았다.

그때였다.

"프로에 가려면 몸 관리부터 잘 해야지."

걸쭉한 목소리가 대답처럼 들려왔다. 그리고 잠시 후 선글라스를 낀 덩치 좋은 사내가 한정훈의 옆에 주저앉았다.

"고등학생? 야구 선수?"

사내가 한정훈을 바라보며 물었다. 그러나 한정훈은 좀처럼 입이 떨어지지 않았다.

'서, 설마……. 아니겠지.'

한정훈이 마른침을 꿀꺽 삼켰다. 선글라스를 끼긴 했지만 전체적인 생김새는 그가 아는 대단한 야구 선수와 꼭 닮아 있었다.

'아니야. 아닐 거야.'

한정훈은 애써 떠오르는 얼굴을 부정했다. 그는 과거에 먼 발치에서 한 번 본 게 전부인 한국 야구의 레전드다. 과거와 인연조차 없던 그를 이런 곳에서 이런 식으로 만날 리 없었다.

그러나 벨소리와 함께 모니터에 떠오르는 이름은 한정훈이 익히 알고 있는, 아니, 대한민국 사람이라면 누구나 알고 있는 그 이름과 똑같았다.

코리안 특급, 박찬오.

"……!"

한정훈이 눈을 부릅떴다. 그러자 사내, 박찬오가 선글라스를 벗으며 물었다.

"혹시 너, 내가 누구인지 모르니?"

박찬오의 얼굴에 살짝 당혹감이 번졌다. 야구복을 입고 있어서 다가왔는데 한정훈의 표정을 보니 자신을 못 알아보는 것 같았다.

그러나 한정훈이 한국 최초의 메이저리그인 박찬오를 몰라 볼 리가 없었다.

"박찬오 선배님?"

한정훈이 떨리는 목소리로 물었다. 그러자 박찬오가 까칠

까칠한 수염을 매만지며 중얼거렸다.

"하긴, 내가 좀 찌긴 했지."

은퇴한 운동선수들이 그런 것처럼 박찬오도 선수 시절에
비해 체중이 상당히 불어 있었다. 그렇다고 보기 흉한 정도
까진 아니었지만 박찬오의 전성기와 함께했던 날렵한 턱 선
은 어느새 사라지고 없었다.

"그건 그렇고, 이름이 뭐야? 어느 학교 다녀? 야구 선수는
맞지?"

박찬오가 슬쩍 화제를 바꿨다. 메이저리그 선수 시절부터
한국의 유소년 야구 선수들을 후원해 왔던 터라 야구복을 입
은 학생을 보면 그냥 지나치는 법이 없었다.

"아, 네. 동명고등학교에 다니고 있는 한정훈이라고 합
니다."

"오, 동명고. 야구 잘하나 보네. 포지션은?"

"투수입니다."

"투수? 나랑 같네? 오른팔?"

"네, 오버 핸드입니다."

"오호."

자신과 하나씩 접점이 늘어날 때마다 박찬오의 얼굴에 웃
음이 번졌다. 그것은 한정훈도 마찬가지였다. 그 대단한 박
찬오가 자신에게 관심을 보이고 있다는 사실만으로도 사춘

기 소년처럼 심장이 쿵덕거렸다.

"달리기는 열심히 하고 있지?"

박찬오가 손으로 한정훈의 허벅지를 움켜잡았다. 모르는 사람이 봤다면 변태라고 오인할 수도 있겠지만 한정훈은 기다렸다는 듯이 허벅지에 잔뜩 힘을 주었다.

"제법 튼실한데?"

박찬오가 엄지손가락을 추켜세웠다. 제법 다부진 체격의 투수 한정훈을 보고 있자니 과거의 자신을 보는 것 같아 괜히 기분이 좋아졌다.

그때였다.

"다음 환자분, 들어오세요."

재활 치료실 문이 열리고 두 명의 사내가 차례대로 걸어 나왔다. 그들을 대신해 중년 사내 한 명과 아주머니 한 명이 재활 치료실 안으로 들어갔다.

"그런데 정훈이는 어디가 아파서 온 거야? 허리? 어깨?"

박찬오가 뒤늦게 걱정스러운 표정을 지었다. 야구 소년을 만나는 건 언제나 즐거운 일이지만 불행히도 이곳은 병원이었다. 재활 치료실 앞에서 기다리고 있다는 건 자신처럼 몸의 어딘가가 불편하다는 소리였다.

"어깨요. 심각한 건 아니고요. 염증이 좀 있어서요."

한정훈이 대수롭지 않다는 얼굴로 말했다. 그 모습이 꼭 여러 차례 부상과 재활을 반복한 베테랑 투수를 보는 것 같았다.

"염증이면 회전근개염?"

"어? 어떻게 아세요?"

"어떻게 알긴. 나도 그것 때문에 고생을 좀 했으니까 알지."

회전근개염은 어깨 관절을 지탱하는 회전근개라는 힘줄이 손상을 입어 염증이 생긴 질환이다. 근육의 손상에 따라 치료법이 다르지만 그 정도가 심해 회전근개파열에 이르면 수술 후 재활로만 1년 이상을 허비해야 했다.

박찬오도 현역 시절 회전근개염으로 적잖게 고생을 했다. 과도한 어깨 근육 사용으로 인해 회전근개염이 악화되면서 주관절 골절과 팔꿈치 부상으로까지 이어진 것이다.

박찬오는 젊었을 때 어깨 관리를 조금 더 체계적으로 하지 못한 걸 아직까지도 후회하고 있었다. 그래서일까. 회전근개염 앞에서도 무표정한 한정훈이 내심 걱정되었다.

"아직 수술할 정도는 아닌 거지?"

"네, 찢어진 건 아니고 그냥 조금 부은 정도래요."

"그래도 조심해야 해. 투수에게 어깨는 소모품이라고 하잖아? 연습 투구 할 때도 스트레칭 꼭 하고. 투구 후에 아이싱도 빼먹지 말고. 어깨 강화하는 훈련도 하고."

박찬오가 진심 어린 목소리로 조언했다. 유소년 시절에 150

km/h가 넘는 강속구에 매료되어 어깨를 혹사시켰다가 채 피어보지도 못하고 사라지는 유망주들이 한두 명이 아니었다.

박찬오는 눈앞에 있는 한정훈이 그 전철을 밟지 않기를 바랐다. 아직 어린 나이에 회전근개염이 찾아왔다는 건 그만큼 애썼다는 의미일 터. 그 노력이 헛되지 않기를 바랐다.

"명심할게요, 선배님."

한정훈은 박찬오의 배려가 고마웠다. 그 역시도 이번 기회를 통해 제대로 어깨를 단련시킬 계획이었지만 메이저리거인 박찬오가 직접 이야기해 주니 더욱 절실한 마음이 들었다.

"그런데 몇 학년이야?"

"1학년이요."

"오호, 이제 1학년? 어떤 공 던지는데? 포심? 투심?"

"지금은 주로 포심만 던져요."

"1학년이면 포심만 던져도 돼. 투심이나 스플리터 계통은 프로에 올라간 다음에 배워도 늦지 않아."

"네, 저도 그렇게 생각하고 있어요."

"브레이킹 볼은?"

"커브를 던지긴 하는데……."

"별로구나?"

"네, 선배님이 전성기 때 던지셨던 어마어마한 슬러브하고는 차원이 다른 공이죠."

"하하. 나도 슬러브를 익히는 데 애를 먹었으니까. 그리고 브레이킹 볼은 구속이 절대적인 건 아냐. 밋밋하게 들어가지만 않으면 괜찮아."

"……아, 네. 그렇죠."

"설마 그 정도로 밋밋한 거야?"

"혹시 아리랑 볼이라고 들어보셨어요?"

"하하하. 그 정도였어? 그럼 커브는 조금 더 연마하고 일단 체인지업부터 익히는 게 어때?"

"그렇지 않아도 체인지업을 연습하는 중이었어요."

"오오! 그래? 좋은 생각이야. 그립은 어떻게 잡는데? 한번 대충 잡아 봐."

"이렇게 쥐는데……."

"그립은 노멀한데? 그럼 릴리스 때 손목은 어떻게 쓰는 거야?"

"손목은 좀 덜 챈다는 느낌으로……."

오랜만에 동창을 만나기라도 한 것처럼 박찬오와 한정훈은 대기실 의자에 앉아 한참을 떠들어 댔다. 평소 남자들끼리 수다를 떠는 걸 한심스럽게 여기는 한정훈이었지만 레전드 박찬오 앞에서는 좀처럼 입을 쉬지 못했다.

그렇게 얼마가 지났을까.

"다음 환자분, 들어오세요."

길었던 대기 시간이 끝나고 한정훈의 차례가 왔다.

"선배님, 그럼…… 저 먼저 들어가 보겠습니다."

한정훈이 아쉬운 얼굴로 자리에서 일어났다. 박찬오를 이렇게 만난 게 얼마나 큰 행운인지 알기에 가능하다면 조금 더 이야기를 나눴으면 하는 욕심이 들었다.

그런 한정훈의 속내를 읽은 것일까.

"정훈아, 네 핸드폰 좀 줘 봐."

박찬오가 대뜸 한정훈에게 손을 내밀었다.

"아, 여기 있습니다."

한정훈이 다급히 뒷주머니에서 핸드폰을 빼냈다. 그것을 받아 든 박찬오가 손수 자신의 번호를 찍어 눌렀다.

"이건 내 개인 번호니까 다른 사람한테 가르쳐 주면 안 돼."

"물론이죠."

"재활 치료 받으면 피곤하니까 못 다한 이야기는 다음에 하자. 나도 당분간은 한가하니까 시간 날 때 꼭 전화하고. 알았지?"

"네, 진짜로 연락드릴게요."

핸드폰에 찍힌 박찬오의 번호를 확인하며 한정훈은 묘한 희열에 빠져 들었다.

한때 국민 영웅으로 불리던 위대한 야구 선수와 사적으로 연락할 수 있게 되다니. 처음으로 과거로 돌아오길 잘했다는 생각이 들었다.

재활 치료가 끝나기가 무섭게 한정훈은 밖으로 나갔다. 다음 차례가 박찬오이니 인사라도 하고 갈 생각이었다.

그러나 박찬오의 모습은 보이지 않았다. 급한 일이라도 생긴 것인지 대기자 명단에도 박찬오의 이름은 빠져 있었다.

"그래도 번호를 받았으니까."

한정훈은 애써 아쉬움을 삭였다. 박찬오가 조만간 다시 만나자고 했으니 그때까지 이 설레는 마음을 꾹 눌러 담아 두는 것도 나쁘지 않을 것 같았다.

5

"정훈아!"

병원 건물을 나서기가 무섭게 이만호가 커피숍에서 뛰쳐나왔다. 그러고는 한정훈에게 손바닥만 한 메모지를 한 장 내밀었다.

"짜잔, 이것 봐라~"

어둑해서 잘 보이진 않았지만 메모지 위에는 누군가의 사인이 큼지막하게 박혀 있었다. 그러나 한정훈은 어렵지 않게 사인의 주인공을 알아챘다. 어딘지 모르게 낯익은 듯한 사인을 본 순간 누군가의 얼굴이 떠오른 것이다.

하지만 눈을 반짝거리며 자랑하는 이만호의 모습에 차마 내색할 수가 없었다.

"이게 뭐야?"

"뭐긴 뭐야. 박찬오 선수 사인이지."

"박찬오 선수?"

"그래, 코리안 특급 박찬오!"

"오…… 좋았겠다."

한정훈의 입에서 영혼 없는 감탄이 흘러 나왔다. 박찬오와 대화도 나누고 연락처까지 받았으니 언제든 받을 수 있는 사인 종이가 부러울 리 없었다.

그러나 이만호는 한정훈이 괜히 샘이 나서 저러는 것이라고 생각했다.

"그런데 무슨 치료를 받은 거야?"

사인 메모지를 지갑에 집어넣으며 이만호가 화제를 돌렸다. 재활 치료를 받는 데 시간이 걸린다는 걸 알고는 있지만 2시간이 훌쩍 지나 버린 상태였다. 어쩌면 한정훈의 어깨 상태가 생각보다 심각할지도 모른다는 불안감이 들었다.

하지만 정작 한정훈은 대수롭지 않게 대답했다.

"간단하게 물리치료만 받는 거야."

둘러대려는 게 아니라 정말로 물리치료만 받고 나왔으니 따로 할 말이 없었다. 그렇다고 이만호가 커피숍에서 기다리

는 동안 박찬오와 신나게 수다를 떨었다고 자랑할 수도 없는
노릇이었다.

"정말 큰 부상은 아닌 거지?"

"그렇다니까."

"그럼 치료는 언제까지 받아야 하는데?"

"글쎄. 앞으로 한두 달 정도?"

연습 경기 다음 날 병원을 찾은 덕분에 염증 반응은 빠르
게 진정이 되었다. 다만 과도한 사용으로 인해 무리가 간 어
깨를 회복시키는 데 시간이 필요했다.

프로라면 전담 트레이너가 옆에 붙어 꼼꼼하게 챙겨주겠
지만 고등학교 1학년 시절로 되돌아온 지금 그런 관리를 바
랄 수는 없었다. 그래서 한정훈은 휴식기를 넉넉하게 잡았
다. 어차피 올 한 해는 허세명 감독 체제다. 무리해 봐야 득
이 될 게 하나도 없었다.

"한두 달? 그럼 연습도 해야 하니까 황금사자기는 무리
겠네?"

"황금사자기가 언제인데?"

"6월 중순 즈음에 하잖아."

"6월이라. 그럼 좀 힘들겠는데. 8월까지는 몸을 만들 생각
이라."

"8월? 그럼 전국 대회는 거의 다 끝나잖아."

이만호가 울상을 지었다. 고교 야구를 대표하는 전국 대회 대부분이 8월 이전에 몰려 있었다. 9월에 열리는 대한 야구 협회장기 대회나 10월의 전국 체전에 나가기 위해서는 지역 대표가 되어야 하는데 동명고등학교가 무조건 출전한다는 보장은 없었다.

"너는 열심히 하면 출전할 수 있잖아."

한정훈이 이만호를 바라봤다. 동명고등학교에 투수가 한정훈 한 명만 있는 것도 아닌데 절망하는 건 솔직히 오버였다.

하지만 이만호는 대답 대신 입술만 삐죽거렸다. 난 너와 배터리를 이뤄서 전국 대회에 나가고 싶었다고. 말은 하지 않았지만 그의 속내가 얼굴을 타고 드러났다.

'이 녀석은 꿈도 크네.'

한정훈이 피식 웃었다. 어깨가 다 나아서 당장 내일부터 공을 던질 수 있다고 하더라도 전국 대회 마운드에 올라간다는 보장은 없었다.

아니, 3학년 3인방을 제외한 동명고등학교의 투수 자원이 시원치 않으니 어쩌면 경기 후반에 출전할 수는 있을지도 몰랐다. 그러나 그때 자신의 공을 받는 게 이만호라는 보장은 없었다.

현재 동명고등학교 안방은 3학년 박경철이 지키고 있었다. 거기에 공격형 포수인 2학년 조인식도 부상에서 돌아왔다.

프로 야구도 마찬가지지만 아마 야구의 특성상 주전 포수가 바뀌면 투수들이 흔들리게 마련이다. 그걸 허세명 감독이 모르지는 않을 터. 박경철이나 조인식이 경기에 출전할 수 없을 만큼 큰 부상을 당하지 않는 한 당분간 이만호의 자리는 없다고 해도 과언이 아니었다.

"야구 올해만 할 것도 아닌데 왜 그렇게 조급하게 굴어?"

한정훈이 이만호를 달랬다. 자신이나 이만호나 아직 1학년이었다. 게다가 고교 야구에서 1학년들은 본래 주력 자원이 아니었다. 동명고등학교처럼 선수층이 두터운 학교에서는 더더욱 1학년의 자리가 없었다.

그나마 1학년의 출전 기회가 늘어나는 시점은 협회장기 이후. 3학년들의 진로가 어느 정도 결정된 다음이었다.

학교마다 차이는 있지만 보통 3학년 60퍼센트와 2학년 이하 40퍼센트로 팀이 운영되기 때문에 3학년의 빈자리는 클 수밖에 없었다. 1학년이라 해도 그때까지 실력을 갈고닦는다면 올 겨울 이후 주전 한 자리를 꿰차는 것도 불가능한 일은 아니었다.

하지만 이만호는 좀처럼 마음을 다잡지 못했다. 지난 연습 경기의 여파가 신중하던 이만호를 들뜨게 만든 것이다.

'하아…… . 이 녀석이 헛바람이 잔뜩 들었네.'

한정훈은 입안이 씁쓸했다. 물론 이만호가 지난 연습 경기 때 잘했다는 건 인정했다. 포구 자세도 좋았고 리딩도 안정적이었다. 마지막에 패스트볼(Passed ball)이 나오긴 했지만 그건 어디까지나 체인지업이 빠진 거지 이만호의 잘못은 아니었다.

한정훈도 박경철이나 조인식보다 이만호와 배터리를 이루는 게 마음이 편했다. 하지만 그건 어디까진 이만호가 투수의 마음을 헤아릴 줄 알며 자기 주관적인 볼 배합을 가져가지 않기 때문이었다. 이만호가 실력으로 박경철과 조인식을 뛰어 넘어서가 절대 아니었다.

박경철이 동명고등학교의 포수 마스크를 쓴 건 1학년 말부터였다. 당시 2학년 포수가 없었다는 행운도 따랐지만 블로킹 능력과 어깨가 좋아 주전 포수로 낙점을 받았고 그 자리를 지금까지 실력으로 지키고 있었다.

조인식도 중학교 시절부터 대형 포수로서의 자질을 보였다. 박경철의 노련함에 밀려 주전 자리를 빼앗기긴 했지만 조인식이 1년만 일찍 태어났더라도 지금 동명고등학교의 안방은 그의 몫이 되었을 터였다.

냉정하게 봤을 때 박경철과 조인식은 이만호보다 한참 앞서 있었다. 그래서 한정훈은 이만호가 박경철과 조인식과 경쟁하며 자신의 약점을 보완하고 장점을 발전시켜 나가길 바랐다.

하지만 정작 이만호는 한정훈과 함께라면 언제든지 주전

포수가 될 수 있을 거라는 허황된 꿈을 꾸고 있었다. 이 꿈에서 빨리 깨지 못한다면 과거에서처럼 3학년이 되어서도 주전을 확신하지 못하게 될 것이다.

"후우……."

한정훈이 길게 한숨을 내쉬었다. 이만호가 헛바람이 든 것에 어느 정도 일조했다고 생각하니 마음 한편이 무거워졌다.

그렇다고 고등학교 1학년의 몸으로 이만호에게 따끔한 충고를 해주기도 어려웠다.

'찬오 선배라면 좋은 말을 해줬을 텐데…….'

한정훈은 불현듯 박찬오가 떠올랐다. 포지션은 달라도 야구 선배로서 박찬오가 조언을 해준다면 이만호도 금세 정신을 차릴 것 같았다.

그런 한정훈의 속마음이 전해진 것일까.

지이이잉.

핸드폰이 울리더니 액정 화면 위로 박찬오가 보낸 문자 메시지가 떠올랐다.

6

치료를 미루고 김정민 성형외과를 나선 박찬오가 향한 곳은 바로 건너편에 있는 빌딩 2층이었다.

"헤이! 찬오! 여기야 여기!"

커피숍 문이 열리자 저만치서 덩치 큰 백인 사내가 손을 흔들어 보였다.

"와우! 스티브! 대체 한국에는 언제 온 거야?"

박찬오가 놀란 얼굴로 백인 사내에게 다가갔다. 전 세계를 떠돌아다니느라 바쁜 사내를 한국에서 보게 될 줄은 미처 예상하지 못한 모양이었다.

그러자 백인 사내, 스티브가 명함을 한 장 내밀어보였다.

"응? 제임스 킴 코퍼레이션 전담 스카우터? 그럼 레이즈의 스카우터는 그만둔 거야?"

박찬오의 큰 눈이 더욱 커졌다. 메이저리그 스카우터들 중에서도 잘나가던 스티브가 한국 사람이 차린 것 같은 에이전시 회사에 취직했다니. 생뚱맞다 싶을 정도로 뜻밖이었다.

"그만둔 게 아니라 잘렸어. 그래서 이 회사에 취직했지."

"정말 잘린 건 아니지? 대체 무슨 일이 있었던 거야?"

"후우, 설명하자면 길어."

나직이 한숨을 내쉬던 스티브가 신세타령을 시작했다.

레이즈에 새 단장이 오고 팀의 선수 육성 정책이 바뀌면서 스카우터들에게 실력이 뛰어난 해외 선수들을 싼 값에 영입하라는 지시가 떨어졌다. 하지만 재정적으로 넉넉하지 못한 팀 사정상 유망주도 아닌 즉시 전력감을 다른 팀과 경쟁하며 데려오기란 쉽지 않았다.

스티브는 몇 번이고 단장을 찾아가 선수 육성 정책을 원상 태로 되돌려야 한다고 충고했다. 레이즈의 팜에는 메이저리 그로 올라갈 기회를 기다리며 구슬땀을 흘리는 유망주들이 많았다. 당장의 성적에 급급해 유망주들을 외면하고 외부 수 혈에 열을 올리는 건 팀을 망치는 일이라며 언성을 높였다.

그러나 젊은 단장은 스티브의 말을 귀담아 듣지 않았다. 오 히려 스티브가 경력만 믿고 자신을 가르치려 한다고 여겼다.

그렇게 단장에게 찍혀 버린 스티브의 입지는 빠르게 줄어 들었다. 어느 순간부터 스티브가 올린 보고서는 단장이 거들 떠보지도 않는다는 소문까지 나돌았다.

자존심이 상할 대로 상한 스티브는 레이즈를 떠나기로 마 음먹었다. 때마침 그의 사정을 전해들은 제임스 킴 코퍼레이 션에서 영입 제의가 들어왔다. 조건은 평범했지만 스카우터 로서의 자신의 역량을 높이 평가한다는 말에 스티브는 두말 없이 자리를 옮겼다.

"레이즈가 바보 같은 짓을 했네."

박찬오가 이해할 수 없다는 표정을 지었다. 그가 기억하는 스티브는 선수의 잠재적인 가능성을 누구보다 잘 평가하는 스카우터였다. 실제 스티브가 데려와서 대박을 친 유망주들 이 한두 명이 아니었다. 그런 스티브를 내쳤으니 레이즈가 제 복을 걷어 찬 것이나 다름없었다.

하지만 스티브는 고개를 흔들었다.

"어쩌면…… 내가 너무 퇴물이 된 것인지도 몰라."

스티브가 처음 스카우터로 첫발을 뗐던 20년 전과 지금의 메이저리그는 너무나도 달라져 있었다. 그 급격한 변화 속에서 예전의 방식만 고집해 왔으니 밀려나는 걸 탓할 수도 없는 노릇이었다.

"스티브."

박찬오의 표정이 안쓰럽게 변했다. 양키즈에 잠깐 몸담았을 때 알게 된 스티브는 누구보다 열정적인 남자였다. 불뚝 튀어나온 자신의 배 안에는 패스트푸드가 아니라 좋은 선수들을 발굴하고픈 욕심이 가득 들어 있다며 껄껄 웃어 대던 게 아직도 기억에 남을 정도였다.

그런데 오랜만에 다시 만난 스티브의 어깨는 축 늘어져 있었다. 세월이 지난 탓도 있겠지만 한정훈은 스티브의 뜨거웠던 열의가 점점 사그라지는 것만 같아 안타까웠다.

그런 박찬오의 속내를 읽은 것일까.

"그건 그렇고, 소식 들었어. 찬오, 축하해."

스티브가 씩 웃으며 화제를 돌렸다.

"응? 뭐가?"

"시치미 떼지 마, 찬오. 한국의 유스 팀을 맡게 됐다며?"

"허……! 그걸 어떻게 안 거야?"

박찬오의 눈이 커졌다. 협회의 제안에 긍정적인 답을 준 게 며칠 전인데 벌써 스티브의 귀에까지 들어갔을 줄은 꿈에도 생각하지 못한 모양이었다.

"어디서 들었는지가 중요한 건 아니잖아? 어쨌든 축하해, 찬오. 너한테 딱 어울리는 자리야."

스티브는 박찬오가 한국의 유소년 야구에 관심이 많다는 사실을 오래전부터 알고 있었다. 그리고 박찬오라면 그만한 자리에 앉을 자격이 충분하다고 여겼다.

그러나 박찬오는 아직까지 청소년 대표님을 맡게 된 게 실감이 나지 않았다.

"솔직히 잘할 수 있을지 모르겠어. 감독은 처음이라."

선수로서 박찬오의 경력은 무척이나 화려했다. 한국 최초의 메이저리거, 아시아 최다승 투수. FA 이후 부침이 있었다지만 누구도 그의 업적을 폄하하지 못했다.

그러나 은퇴 이후 박찬오의 행보는 아쉬움이 남았다. 개인적으로 지도자가 되어 후학 양성을 꿈꿨지만 여러 가지 이유로 기회가 주어지지 않았다. 그러던 차에 생각지도 못했던 야구 협회에서 제안이 들어왔다. 그것도 코치가 아니라 감독으로 말이다.

처음에는 박찬오도 자격이 없다며 극구 사양했다. 유소년을 지도하는 게 평생의 바람이긴 했지만 지도자로서 이렇다 할 성과조차 내지 못한 상황에서 대표팀은 부담이 컸다.

하지만 야구 협회는 박찬오 이외의 대안은 없다며 끈질기게 설득했다. 한국 야구의 미래를 위해서라도 박찬오가 나서 줘야 한다고 강조했다.

오랜 고민 끝에 박찬오는 협회의 제안을 수락했다. 그러나 감독이 됐다는 기쁨보다는 여전히 걱정스러운 마음이 더 컸다. 사랑하는 조국을 위해 헌신할 수 있는 좋은 기회였지만 그 결과가 좋지 않을까 봐 솔직히 겁이 났다.

그러나 스티브는 박찬오가 잘해낼 것이라 믿었다. 아니, 협회의 제도 속에 갇힌 불쌍한 한국의 유망주들을 위해서라도 박찬오가 잘해내 줘야만 했다.

"캐나다 대회가 내년이지? 선수들은 좀 살펴봤어?"

"아직. 공식적으로 발표가 난 것도 아니라서."

"그래도 서둘러야지. 지난 대회, 한국 성적이 별로였잖아."

"나도 걱정이야. 협회에서는 기대가 큰데, 솔직히 결과를 장담하긴 어려우니까."

한국 청소년 야구팀은 2008년 이후로 청소년 선수권 대회에서 우승을 하지 못하고 있었다. 그나마 지난 2015년 대회때 미국, 일본에 이어 3위에 오르긴 했지만 만족할 만한 성적은 아니었다.

무엇보다 경기 내용이 좋지 않았다. 야구 변방들과는 잘 싸우다가 미국에게 0 대 12, 일본에게 4 대 7로 패했다. 야구의 역사나 인프라만 놓고 보면 당연한 결과겠지만 늘 기대 이상의 결과를 내주던 대표팀이다 보니 내부에서도 위기라는 목소리가 상당했다.

"프리미어 12에서 우승한 게 더 골치 아파졌겠는데?"

스티브가 넌지시 말했다. 그러자 박찬오가 무겁게 한숨을 내쉬었다.

"맞아. 다음 대회도 문제지만 그다음 대회가 더 큰 문제일 테니까."

청소년 대표팀과는 달리 한국의 성인 야구 대표팀은 국제 대회인 프리미어 12에서 우승을 차지했다. 실로 악전고투 속에서 일궈낸 승리였다. 하지만 그 결과만으로 한국 야구의 전망이 밝다고 말할 수는 없었다.

"우승은 한국이 했지만 최대 수혜자는 역시 오타니지."

스티브가 조심스럽게 말을 덧붙였다. 메이저리거들이 대부분 불참한 미국이나 젊은 신인들에게 기회를 준 일본과 달리 한국은 최정예 멤버를 동원했다. 그런데도 한국 대표팀은 일본과의 예선전과 준결승전에서 만 21세의 젊은 투수에게 철저히 농락을 당하고 말았다.

오타니 쇼헤.

그가 지난 대회에서 보여 준 투구는 눈이 부셨다. 메이저 리그에서도 동년배 중 세계 최고의 실력을 갖췄다며 극찬을 할 정도였다.

반면 한국은 오타니 쇼헤 같은 투수가 보이지 않았다. 베이징 올림픽 우승의 주역인 류현신과 윤성민, 김강현이 아직 건재하긴 하지만 한국 나이로 서른을 바라보는 그들에게 계속 의존할 수는 없는 노릇이었다.

내년에 열릴 월드 베이스볼 클래식까지는 지금의 선수들로 버틴다 해도 3년 후에 있을 프리미어 12가 문제였다. 게다가 그다음 해는 도쿄 올림픽이다. 야구 종주국의 자존심을 세우려는 미국이나 개최국의 이점을 최대한 누릴 일본. 이들과 싸워 한국 야구가 베이징 올림픽의 영광을 재현하기 위해서는 지금부터 젊은 선수들이 치고 올라와 줘야만 했다.

"오타니 같은 투수를 키워 달라는 소리는 안 해?"

스티브가 싸늘하게 식은 커피를 홀짝거리며 물었다. 야구 협회 회의 때 참석한 건 아니지만 왠지 그런 말이 나돌았을 것 같았다.

"하아……."

박찬오는 대답 대신 한숨을 내쉬었다. 그렇지 않아도 오타니 쇼헤를 능가하는 투수 발굴 미션을 부여받은 상황이었다.

"하하. 찬오! 기운을 내! 이제 시작인데 뭘 그렇게 한숨을 쉬는 거야? 자, 그럴 시간에 이걸 좀 봐봐."

박찬오를 위로하며 스티브가 가방에서 자신의 노트북을 꺼냈다. 그리고 박찬오에게 그동안 촬영한 영상을 보여 주었다.

"회사에서 한국 고교생들에게 관심이 많거든. 그래서 겸사겸사 괜찮은 선수들을 편집해 봤지. 투수 위주로 말이야."

"그래?"

한숨만 내쉬던 박찬오가 언제 그랬냐는 눈을 반짝거렸다. 그렇지 않아도 협회에서 준 자료만으로는 선수 파악에 애를 먹고 있던 차였다.

"자, 자료는 많으니까 편하게 봐."

스티브가 다시 커피잔을 들어 올렸다. 영상은 길고 선수들은 많았다. 그 속에서 박찬오가 자신이 숨겨 놓은 원석들을 발견하길 바랄 뿐이었다.

7

"흠……."

붉게 충혈된 눈으로 동영상만 바라보던 박찬오의 입에서 나직한 신음이 흘러 나왔다.

스티브가 편집한 한 시간짜리 동영상 속에 등장하는 투수는 총 25명. 전국 상위권 고교 팀들 중에서도 수준급이라 평가반을 만한 선수들이었다.

하지만 그들 중 누구도 박찬오의 시선을 잡아끌지 못했다. 평균 2분 남짓한 영상으로 선수를 평가한다는 건 무리겠지만 다들 평범했다. 뭔가 눈이 번뜩일 만한 무언가를 보여 주는 선수가 없었다.

"스티브, 이게 다야?"

박찬오가 스티브를 바라봤다. 그러자 모바일 게임에 빠져 있던 스티브가 뒤늦게 고개를 들어 올렸다.

"뭐야? 벌써 다 본거야?"

"벌써라니. 한 시간이 지났다고."

"말도 안 돼. 난 게임을 시작한 지 고작 10분밖에 안 됐단 말이야."

스티브가 억울하다는 표정을 지었다. 그러다 박찬오의 굳은 표정을 확인하고는 슬그머니 핸드폰을 내려놓았다.

아주 잠깐 동안 침묵이 흘렀다. 그사이 박찬오의 입에서는 연신 한숨이 흘러나왔다.

"마음에 드는 선수가…… 없어? 한 명도?"

스티브가 박찬오의 눈치를 보며 물었다. 물론 어느 정도 예상은 하긴 했지만 박찬오가 이 정도로 실망할 줄은 생각지 못했다.

하지만 박찬오도 어쩔 수가 없었다. 사람 좋은 전직 메이저리거로 남아 있었다면 몰라도 청소년 대표팀의 수장이 되어버린 이상 선수들을 냉정하게 바라볼 필요가 있었다.

"뭐, 이해는 해. 다들 2학년이니까. 하지만 찬오. 그 선수들은 바로 얼마 전까지만 해도 1학년들이었다고."

스티브가 선수들을 두둔했다. 지금의 실력은 성에 차지 않더라도 올 한 해 어떻게 성장할지는 그 누구도 장담할 수 없었다. 그들 중에 제2의 박찬오가 나올 수도 있고 제2의 류현신이 나올 수도 있었다. 그 가능성까지 열어놓고 보자면 그렇게 형편없는 선수들은 아니었다.

그러나 박찬오의 표정은 좀처럼 풀리지 않았다.

1년이라는 시간을 감안하더라도 마찬가지였다.

이들 중에서 과연 오타니를 능가할 만한 재목이 나올 수 있을까.

선수들에겐 미안한 이야기지만 솔직히 말해 회의적이었다.

그런 박찬오의 속내가 표정을 통해 드러났다. 자연스럽게 스티브의 얼굴도 굳어졌다.

"그래도 좀 서운한데. 나는 괜찮은 선수라고 생각해서 직접 편집까지 한 건데 말야."

스티브가 불만스럽게 말했다. 박찬오를 위해 밤잠을 쪼개가며 편집까지 해왔는데 고작 이런 반응이라니. 스카우터로서 자존심이 상할 노릇이었다.

"미안, 스티브. 영상은 정말 고맙지만……. 마음이 무거워."

박찬오가 솔직한 속내를 드러냈다. 스티브가 기분 나쁠 거라는 걸 모르지는 않지만 그렇다고 그를 위해 거짓된 반응을 보일 수는 없는 노릇이었다.

"하아. 좋아, 찬오. 어디 이유라도 들어보자."

살짝 열이 받았던지 스티브가 동영상을 되돌렸다. 그리고 No.3라고 편집된 시점에 멈춰 세웠다.

"여기 이 선수, 이 선수는 키도 크고 패스트볼 구속도 92마일(약 148㎞/h)이나 된다고. 그런데 이 선수가 마음에 안 드는 거야?"

스티브가 신경질적으로 엔터키를 때렸다. 그와 동시에 재생된 동영상 속에서 거구의 투수가 던진 패스트볼에 타자가 헛스윙을 하고 말았다.

확실히 150㎞/h에 가까운 공은 위력적이었다. 영상 속 타자는 공이 미트에 빨려들기 직전에야 배트를 내돌렸다.

이 정도면 한국의 프로 야구에 진출하더라도 3년 안에 선발 로테이션에 합류할 가능성이 높았다. 그래서 제임스 킴 코퍼레이션에서도 은밀히 선수와 접촉을 시도하고 있었다.

하지만 동영상 속 투수의 역투에도 박찬오의 표정은 별다른 변화가 없었다.

"대체 뭐가 문제인데?"

보다 못한 스티브가 짜증스럽게 되물었다. 그러자 박찬오가 마지못해 입을 열었다.

"제구가 나빠."

"뭐? 제구? 하아……. 찬오, 고작 고등학교 2학년 투수에게 뭘 바라는 거야?"

"제구가 나쁜 투수는 오래 버티기 어려워. 게다가 이 투수는 투구 폼이 지나치게 역동적이야. 아마 주자가 루상에 나가면 구속이 현저하게 떨어질 거야. 부상의 위험도는 말할 필요도 없고."

"허……. 참."

박찬오의 날카로운 지적에 스티브가 미간을 찌푸렸다. 영상에는 없지만 분명 투수는 제구가 불안한 편이었다. 주자 출루 시에 연속 사사구를 내주는 경향도 있었다.

그러나 제구의 단점을 만회할 만큼 패스트볼이 좋았다. 이 시점에 150㎞/h에 육박하는 공을 던진다면 고교 졸업 시에 155㎞/h 이상의 구속도 바라볼 수 있었다.

하지만 그런 스카우터적인 논리로는 박찬오를 설득시키기가 어려워보였다.

"제구, 제구란 말이지. 좋아. 그럼 이 영상은?"

스티브가 다시 영상을 플레이했다. No.9라고 표기된 투수는 투구 폼도 안정적이고 구속도 평균 이상이었다. 제구도 좋은 편이며 무엇보다 좌완이라는 이점이 있었다.

"어때? 내가 보기에는 류현신보다 나을 것 같은데."

스티브가 선수를 한껏 추켜세웠다. 잘만 키우면 류현신보다 높은 몸값을 받아낼 수 있다며 말이다.

그러나 정작 박찬오는 피식 웃음을 흘렸다.

"뭐야? 왜 웃어?"

스티브가 기분 나쁘다는 표정을 지었다. 그러자 박찬오가 냉큼 손을 들어 올렸다.

"아, 미안. 그런데 스티브. 이 친구가 현신이보다 낫다고? 진심으로 하는 말은 아니지?"

박찬오가 보기에 동영상 속 투수가 류현신과 비교될 만한 건 좌완이라는 것 하나밖에 없었다. 투구 폼도 일정하지 않고 공이 나오는 각도도 밋밋해 타자가 예측하기 쉬웠다. 게다가 패스트볼과 슬라이더를 던질 때 팔꿈치의 높이가 확연히 달랐다.

이 선수를 트레이닝해 류현신처럼 만들기란 불가능에 가까웠다. 좌완의 이점을 살린다면 프로에서 어느 정도 통할 수 있겠지만 그 이상의 수준은 힘들어 보였다.

"뭐야? 그럼 대체 어떤 선수를 찾는 거야?"

스티브가 어이없다는 표정을 지었다. 지금 자신의 앞에 앉아 있는 게 한국의 고만고만한 청소년들을 데리고 경기를 해야 하는 초짜 감독인지, 양키즈나 레드삭스의 단장인지 헷갈릴 지경이었다.

물론 스티브도 박찬오가 군침을 질질 흘릴 만큼 좋은 투수를 소개시켜 주고 싶었다. 하지만 그럴 만한 선수가 보이지 않았다. 2학년이 아니라 3학년까지 통틀어도 마찬가지였다. 가능성을 배제하고 오타니와 견줄 만한 수준으로 데려오라고 한다면 제아무리 잘난 스카우터라 해도 손을 털 수밖에 없었다.

그렇다고 박찬오에게 화를 내기도 어려웠다. 그가 오늘 박찬오를 만난 건 제임스 킴 코퍼레이션에서 영입하려는 선수들을 넌지시 어필하기 위해서였다. 박찬오와 생각이 다르다고 해서 화를 냈다간 두고두고 불이익을 당하게 될 수도 있었다.

"하아…… 찬오, 나 잠깐 화장실 좀 다녀올게."

머리를 식힐 겸 스티브가 담배를 들고 화장실로 갔다. 그 사이 박찬오는 대충 훑어봤던 동영상의 후반부를 다시 살폈다. 앞선 선수들에 대한 실망감 때문에 평가가 박해졌을지도 모른다는 걱정이 든 것이다.

그러나 다시 봐도 결과는 달라지지 않았다. 장점만큼이나 단점이 많지만 다들 좋은 투수들이다. 이들 중에서 프로 야구를 이끌 젊은 투수들이 나올 거라는 사실만큼은 이견을 제기하기 어려웠다.

그래도 뭔가 아쉬웠다. 뭔가 자신의 가슴을 뜨겁게 만들어 줄, 그런 투수가 보이지 않았다.

"내가…… 너무 기대가 컸나?"

푸념하듯 중얼거리며 박찬오는 동영상을 종료했다. 스티브가 애써 편집해 준 영상이긴 하지만 한국 야구의 현실을 보는 것 같아 입안이 썼다.

그런데…….

"……!"

바탕화면의 폴더 하나가 박찬오의 시선을 잡아끌었다.

Top Secret.

대외비의 무언가가 감춰진 폴더 같았지만 눈앞에 스티브가 없다는 사실이 박찬오를 과감하게 만들었다.

딸깍.

마우스로 가볍게 클릭을 하자 12개의 폴더가 나타났다. 폴더 위로 동영상 같은 게 표시된 걸 봐서는 진짜 알짜배기 선수들을 따로 모아놓은 게 틀림없었다.

'이 능구렁이 같으니라고.'

박찬오는 씩 웃었다. 어쩌면 이 안에서 자신이 원하는 선수를 찾을 수 있을지도 몰랐다.

하지만 전부를 다 살펴보기에는 시간이 부족했다.

'투수, 투수로······.'

폴더 명을 훑어가던 박찬오의 시선이 일곱 번째 폴더에서 멈췄다.

Pitcher. Han Jung.

딸깍.

박찬오가 뭐에 홀리기라도 한 것처럼 폴더를 열었다. 그리고 그 속에 들어 있는 2개의 동영상을 확인했다.

첫 번째 동영상은 덩치 큰 타자를 3구 삼진으로 처리하는 동영상이었다. 그리고 두 번째 동영상은 그 타자를 다시 스트라이크 낫아웃으로 잡아내는 영상이었다.

"허······!"

동영상을 살핀 박찬오는 헛웃음이 났다. 등잔 밑이 어둡다더니. 그토록 찾고 싶었던 투수를 진즉 발견했을 줄은 미처 생각지도 못했다.

그때 스티브가 요란한 발소리를 내며 다가왔다.

박찬오는 냉큼 폴더를 닫았다. 그리고 능청스럽게 구석에 놓아두었던 핸드폰을 집어 들었다.

"어디서 전화라도 온 거야?"

스티브가 자리에 앉으며 물었다.

"응? 아니, 집사람한테 문자를 보내려고."

그럴듯한 핑계를 대며 박찬오가 분주하게 손가락을 움직였다.

잠시 후.

지이이잉.

박찬오의 핸드폰이 울렸다. 뒤이어 박찬오의 얼굴에서 환한 웃음이 번졌다. 조금 전까지 한국 야구의 유망주들을 깎아내리던 당사자가 맞나 싶을 정도였다.

그러나 스티브는 그 모습이 조금도 얄밉지가 않았다. 오히려 보일 듯 말 듯 미소를 머금었다.

'그래, 찬오. 너라면……'

박찬오가 남긴 동영상 재생의 흔적을 삭제하며 스티브가 다시 커피 잔을 들어 올렸다.

to be continued